John Colet

ST. PAUL'S SCHOOL
LIBRARY

7-50.

DU MÊME AUTEUR

Aux Éditions Gallimard

LA PLACE DE L'ÉTOILE, *roman*

LA RONDE DE NUIT, *roman*

LES BOULEVARDS DE CEINTURE, *roman*

VILLA TRISTE, *roman*

LIVRET DE FAMILLE, *roman*

RUE DES BOUTIQUES OBSCURES, *roman*

UNE JEUNESSE, *roman*

DE SI BRAVES GARÇONS, *roman*

EMMANUEL BERL, INTERROGATOIRE

QUARTIER PERDU, *roman*

et, en collaboration avec Louis Malle,

LACOMBE LUCIEN, *scénario*

Aux Éditions P.O.L.

MEMORY LANE, illustrations de Pierre Le-Tan

POUPÉE BLONDE, illustrations de Pierre Le-Tan

DIMANCHES D'AOÛT

PATRICK MODIANO

DIMANCHES D'AOÛT

roman

GALLIMARD

Il a été tiré de l'édition originale de cet ouvrage quarante exemplaires sur vergé blanc de Hollande van Gelder numérotés de 1 à 40 et cinquante exemplaires sur vélin pur chiffon de Rives Arjomari-Prioux numérotés de 41 à 90.

Pour Jacques Robert
Pour Marc Grunebaum

Son regard a fini par croiser le mien. C'était à Nice, au début du boulevard Gambetta. Il se tenait sur une sorte de podium devant un étalage de vestes et de manteaux de cuir, et je m'étais glissé au premier rang des badauds qui l'écoutaient vanter sa marchandise.

A ma vue, il a perdu son bagout de camelot. Il parlait d'une manière plus sèche, comme s'il voulait établir une distance entre son auditoire et lui et me faire comprendre que ce métier qu'il exerçait, là, en plein air, était au-dessous de sa condition.

En sept ans, il n'avait pas beaucoup changé : seul son teint me semblait plus rouge. Le soir tombait et un coup de vent s'est engouffré dans l'avenue Gambetta avec les premières gouttes de pluie. A côté de moi, une femme aux cheveux blonds bouclés essayait un manteau de cuir. De son podium, il se penchait vers elle et l'observait d'un air encourageant :

— Il vous va à merveille, madame.

La voix avait toujours son timbre métallique, un métal qui, depuis le temps, se serait rouillé. Déjà, les badauds se dispersaient à cause de la pluie et la femme blonde ôtait le manteau qu'elle déposait timidement en bordure de l'étalage.

— C'est une véritable occasion, madame... au prix américain... Vous devriez...

Mais sans lui laisser le temps de poursuivre, elle se détournait vite, et s'esquivait avec les autres, comme si elle avait honte de prêter l'oreille aux propositions obscènes d'un passant.

Il est descendu de son podium et a marché vers moi.

— Quelle bonne surprise... J'ai l'œil... Je vous ai tout de suite reconnu...

Il paraissait gêné, presque craintif. Moi, au contraire, je me sentais calme et détendu.

— C'est drôle de se retrouver ici, hein? lui ai-je dit.

— Oui.

Il souriait. Il avait repris son assurance. Une camionnette s'arrêta en bordure du trottoir, à notre hauteur, et un homme en blouson de cuir en sortit.

— Tu peux démonter tout ça...

Puis il me regarda droit dans les yeux.

— On boit un verre?

— Si vous voulez.

— Je vais boire un verre avec monsieur, au Forum. Viens me chercher dans une demi-heure.

L'autre commença à charger les manteaux et les vestes de cuir de l'étalage dans la camionnette, tandis qu'autour de nous le flot des clients s'écoulait par les portes du grand magasin qui fait le coin de la rue de la Buffa. Une sonnerie grêle annonçait la fermeture.

— Ça va... Il ne pleut presque plus...

Il portait un sac de cuir très plat en bandoulière.

Nous avons traversé le boulevard et suivi la Promenade des Anglais. Le café était tout près, à côté du cinéma Le Forum. Il a choisi une table derrière la baie vitrée et s'est laissé tomber sur la banquette.

— Quoi de neuf? m'a-t-il dit. Vous êtes sur la côte d'Azur?

J'ai voulu le mettre à l'aise :

— C'est drôle... Je vous ai vu l'autre jour sur la Promenade des Anglais...

— Vous auriez dû me dire bonjour.

Sa silhouette massive, le long de la Promenade, et ce sac de cuir en bandoulière qu'arborent certains hommes, vers cinquante ans, avec des vestes trop cintrées, dans le but de garder une silhouette juvénile...

— Je travaille depuis quelque temps dans la région... J'essaie d'écouler des stocks de vêtements de cuir...

— Ça marche?

— Comme ci, comme ça. Et vous?

— Moi aussi je travaille dans la région, lui ai-je dit. Rien d'intéressant...

Dehors, les grands lampadaires de la Promenade s'allumaient peu à peu. D'abord une clarté mauve et vacillante qu'un simple coup de vent risquait de souffler comme la flamme d'une bougie. Mais non. Au bout d'un instant, cette lumière incertaine devenait blanche et dure.

— Alors, nous travaillons dans le même coin, m'a-t-il dit. Moi, j'habite Antibes. Mais je circule beaucoup...

Son sac de cuir s'ouvrait de la même manière que les cartables d'écoliers. Il en sortit un paquet de cigarettes.

— Vous n'êtes plus jamais dans le Val-de-Marne? demandai-je.

13

— Non, c'est fini.

Il y eut un instant de gêne entre nous.

— Et vous ? me demanda-t-il. Vous êtes revenu là-bas ?

— Jamais.

La seule pensée de me retrouver le long de la Marne me fit frissonner. Je jetai un regard vers la Promenade des Anglais, le ciel orange qui s'assombrissait, et la mer. Oui, j'étais bien à Nice. J'avais envie de pousser un soupir de soulagement.

— Je ne voudrais pour rien au monde revenir dans cet endroit, lui dis-je.

— Moi non plus.

Le garçon déposait le jus d'orange, la fine à l'eau et les verres sur la table. L'un et l'autre nous nous accrochions du regard au moindre de ses gestes, comme si nous voulions retarder le plus longtemps possible le moment de reprendre la conversation. C'est lui qui a fini par rompre le silence.

— Je voudrais mettre quelque chose au point avec vous...

Il me considérait d'un œil éteint.

— Voilà... Je n'étais pas marié avec Sylvia malgré les apparences... Ma mère ne voulait pas de ce mariage...

Pendant une fraction de seconde, la silhouette de Mme Villecourt m'est apparue, assise sur le ponton, au bord de la Marne.

— Vous vous rappelez ma mère... Ce n'était pas une femme facile... Il y avait des problèmes d'argent entre nous... Elle m'aurait coupé les vivres si je m'étais marié avec Sylvia...

— Vous m'étonnez beaucoup.

14

— Eh bien, c'est comme ça...

Je croyais rêver. Pourquoi Sylvia ne m'aurait-elle pas dit la vérité ? Je me souvenais même qu'elle portait une alliance.

— Elle voulait faire croire que nous étions mariés... C'était pour elle une question d'amour-propre... Et moi, je me suis conduit comme un lâche... J'aurais dû me marier avec elle...

Il fallait bien que je me rende à l'évidence : cet homme ne ressemblait pas à celui d'il y a sept ans. Il ne manifestait plus cette confiance en lui-même et cette grossièreté qui me le rendaient odieux. Au contraire, il était empreint, maintenant, d'une douceur résignée. Ses mains même avaient changé. Il ne portait plus de gourmette.

— Si j'avais été marié avec elle, tout aurait été bien différent...

— Vous croyez ?

Décidément, il parlait de quelqu'un d'autre que de Sylvia, et les choses, avec le recul, avaient un autre sens pour lui que pour moi.

— Elle ne m'a pas pardonné cette lâcheté... Elle m'aimait... J'étais le seul qu'elle aimait...

Son sourire triste était aussi surprenant que le sac qu'il portait en bandoulière. Non, je n'avais pas affaire au même homme que celui des bords de Marne. Peut-être avait-il oublié des pans entiers du passé ou fini par se persuader que certains événements, aux conséquences si lourdes pour nous tous, n'avaient jamais eu lieu. J'éprouvais une envie irrésistible de le secouer.

— Et le projet de restaurant et de piscine dans cette petite île, du côté de Chennevières ?

J'avais haussé la voix et rapproché mon visage du sien. Mais loin d'être embarrassé par ma question, il conservait son sourire triste.

— Je ne vois pas ce que vous voulez dire... Vous savez, je m'occupais surtout des chevaux de ma mère... Elle avait deux trotteurs qu'elle faisait courir à Vincennes...

Il paraissait de si bonne foi que je n'ai pas voulu le contredire.

— Vous avez vu tout à l'heure le type qui chargeait mes manteaux de cuir dans la camionnette ? Eh bien, il joue aux courses... A mon avis, il ne peut y avoir qu'un malentendu entre les hommes et les chevaux...

Se moquait-il de moi ? Non. Il avait toujours été dépourvu du moindre humour. Et la lumière du néon accentuait l'expression lasse et grave de son visage.

— Entre les chevaux et les hommes, ça ne colle que très rarement... J'ai beau lui dire qu'il a tort de jouer aux courses, il continue mais il ne gagne jamais... Et vous ? Toujours photographe ?

Il avait prononcé les derniers mots du timbre métallique qui était le sien, il y a sept ans.

— A l'époque, je n'avais pas très bien compris votre projet d'album photographique...

— Je voulais faire des photos sur les plages fluviales des environs de Paris, lui dis-je.

— Les plages fluviales ? Et c'est pour cela que vous étiez installé à La Varenne ?

— Oui.

— Pourtant, ce n'est pas vraiment une plage fluviale.

— Vous trouvez ? Il y a quand même le Beach...

— Et je suppose que vous n'avez pas eu le temps de prendre vos photos ?

— Si, si... Je pourrais vous en montrer quelques-unes, si vous voulez...

Notre conversation devenait oiseuse. C'était étrange de s'exprimer ainsi, à demi-mot, ou par sous-entendus.

— En tout cas, je peux dire que j'ai appris des choses bien édifiantes... Et ça m'a servi de leçon...

Ma remarque le laissait de marbre. Et pourtant, je l'avais formulée d'un ton agressif. J'ai insisté :

— Vous aussi, je suppose, vous gardez un mauvais souvenir de tout cela ?

Mais j'ai regretté aussitôt ma provocation. Elle avait glissé sur lui et il m'enveloppait de son sourire triste.

— Je n'ai plus aucun souvenir, me dit-il.

Il a jeté un œil sur son bracelet-montre.

— On va bientôt venir me chercher... C'est dommage... J'aurais voulu rester plus longtemps avec vous... Mais j'espère que nous allons nous revoir...

— Vous voulez vraiment me revoir ?

Je ressentais un malaise. J'aurais été moins désemparé en présence du même homme qu'il y a sept ans.

— Oui. J'aimerais bien vous revoir de temps en temps pour que nous parlions de Sylvia.

— Vous croyez que c'est vraiment utile ?

Comment pouvais-je lui parler de Sylvia ? C'était à se demander si, après sept ans, il ne la confondait pas avec une autre. Il se rappelait que j'avais été photographe mais, chez les vieillards qui ont perdu la mémoire, il subsiste encore quelques lambeaux du passé : un goûter

17

d'anniversaire de leur enfance, les paroles d'une berceuse qu'on leur chantait...

— Vous ne voulez plus parler de Sylvia ? Mettez-vous bien ça dans la tête...

Il tapait du poing sur la table et je m'attendais aux menaces et aux chantages d'autrefois, dilués par le temps, bien sûr, comme les propos de ces criminels de guerre gâteux, que l'on traîne, quarante ans après leurs forfaits, devant un tribunal.

— Mettez-vous bien dans la tête que rien ne serait arrivé si je m'étais marié avec elle... Rien... Elle m'aimait... La seule chose qu'elle aurait voulue, c'est que je lui donne moi aussi une preuve d'amour... Et j'ai été incapable de la lui donner...

A le considérer, là, en face de moi, à écouter ces paroles d'un pêcheur repenti, je me suis demandé si je n'étais pas injuste envers lui. Il divaguait mais il s'était plutôt amélioré avec le temps. Jamais, à l'époque, il n'aurait pu tenir ce genre de raisonnement.

— Je crois que vous vous trompez, lui dis-je. Mais cela n'a aucune importance. L'intention est bonne, en tout cas.

— Je ne me trompe pas du tout.

Et il frappait de nouveau du poing sur la table d'un geste d'ivrogne. J'ai craint qu'il ne retrouve sa brutalité et son mauvais naturel. Heureusement, à cet instant-là, l'homme de la camionnette est entré dans le café et lui a posé une main sur l'épaule. Il s'est retourné et l'a regardé fixement comme s'il ne le reconnaissait pas.

— Tout de suite... Je suis à toi tout de suite...

Nous nous sommes levés et je les ai raccompagnés jusqu'à la camionnette qui était garée devant le cinéma Le

Forum. Il a fait glisser la portière, découvrant une rangée de manteaux de cuir, suspendus à des cintres.

— Vous pouvez vous servir...

Je restais immobile. Alors, il a examiné les manteaux de cuir un à un. Il décrochait leurs cintres et les raccrochait au fur et à mesure.

— Celui-ci doit être à votre taille...

Il me tendit le manteau de cuir, avec le cintre à l'intérieur.

— Je n'ai pas besoin de manteau, lui dis-je.

— Si... Si... Pour me faire plaisir...

L'autre attendait, assis sur le garde-boue de la camionnette.

— Essayez-le.

J'ai pris le manteau et je l'ai enfilé devant lui. Il me considérait du regard aigu d'un tailleur, pendant un essayage.

— Il ne vous gêne pas aux épaules ?

— Non, mais je vous dis que je n'ai pas besoin de manteau.

— Prenez-le pour me faire plaisir. J'y tiens absolument.

Il le boutonnait lui-même. J'étais aussi raide qu'un mannequin de bois.

— Il vous va très bien... Et l'avantage avec moi, c'est que j'ai beaucoup de grandes tailles...

Je me laissais faire pour être plus vite débarrassé de lui. Je ne voulais pas discuter. J'avais hâte de le voir partir.

— S'il y a le moindre problème, vous venez l'échanger contre un autre... Je serai à mon stand, boulevard

Gambetta, demain après-midi... Et de toute façon, je vous donne mon adresse...

Il fouilla dans la poche intérieure de sa veste et me tendit une carte de visite.

— Tenez... mon adresse et mon numéro de téléphone à Antibes... Je compte sur vous...

Il ouvrit la portière de devant, monta et s'assit sur la banquette. L'autre prit place, au volant. Il baissa la vitre et se pencha au-dehors.

— Je sais que vous n'aviez pas de sympathie pour moi, me dit-il. Mais je suis tout prêt à faire amende honorable... J'ai changé... J'ai compris quels étaient mes torts... Surtout envers Sylvia... Je suis le seul qu'elle ait vraiment aimé... Nous reparlerons ensemble de Sylvia, hein?...

Il me toisait, des pieds à la tête.

— Le manteau vous va à merveille...

Il remonta la vitre sans me quitter des yeux. Mais brusquement, à l'instant où la camionnette démarrait, son visage se figea dans une expression de stupeur : je n'avais pas pu m'empêcher de lui faire — geste incompréhensible de la part d'un homme réservé comme je le suis — un bras d'honneur.

Quelques personnes entraient au Forum pour la séance de vingt et une heures. J'ai été tenté moi aussi d'aller m'asseoir dans la vieille salle de cinéma aux velours rouges. Mais je voulais me débarrasser de ce manteau de cuir qui me serrait aux épaules et m'empêchait de respirer. Dans ma hâte, j'ai arraché un bouton. J'ai plié le manteau, l'ai posé sur un banc de la Promenade et me suis éloigné avec le sentiment de laisser derrière moi quelque chose de compromettant.

Etait-ce la façade délabrée du cinéma Le Forum ? Ou bien la réapparition de Villecourt ? Mais j'ai pensé aux confidences que sa mère m'avait faites au sujet de l'assassinat mystérieux du comédien Aimos sur une barricade du quartier de la gare du Nord, pendant la libération de Paris. Aimos savait trop de choses, il avait entendu trop de conversations, côtoyé trop de gens douteux dans les auberges de Chennevières, de Champigny et de La Varenne. Et les noms de tous ces gens, que m'avait indiqués Mme Villecourt, m'évoquaient les eaux fangeuses de la Marne.

J'ai consulté sa carte de visite :

Frédéric Villecourt, commissionnaire.

Jadis, les caractères de son nom auraient été noirs et gravés. Mais aujourd'hui, ils étaient orange, comme ceux d'un simple prospectus, et le terme bien modeste de « commissionnaire », si l'on se souvenait du Frédéric Villecourt des bords de Marne, indiquait qu'il suffit souvent de quelques années pour venir à bout de bien des prétentions. Il avait écrit lui-même à l'encre bleue son adresse : 5, avenue Bosquet, Antibes. Téléphone : 50.22.83.

Je longeais l'avenue Victor-Hugo, car j'avais décidé de rentrer chez moi à pied. Non, je n'aurais jamais dû lier conversation avec lui.

La première fois, lorsque je l'avais vu passer sur la Promenade des Anglais de sa démarche lourde, ce ridicule petit sac de cuir en bandoulière, je n'éprouvai aucune envie de lui parler. Il y avait un doux soleil d'automne, ce dimanche-là, et j'étais assis à la terrasse du Queenie. Et là-bas, il s'est arrêté, il a allumé une cigarette. Puis il est demeuré encore un instant immobile, derrière le flot des voitures. Il allait traverser au feu rouge et se retrouver sur le trottoir, juste à ma hauteur. Et alors, il risquait de me repérer. Ou bien, il ne bougerait plus, le soir tomberait et sa silhouette en ombre chinoise se découperait sur la mer, pour toujours, devant moi.

Il a poursuivi sa marche vers le casino Ruhl et le jardin Albert-Ier, le sac de cuir en bandoulière. Autour de moi, des femmes et des hommes, aux raideurs de momie, prenaient le thé, silencieux, leurs regards fixés vers la Promenade des Anglais. Eux aussi, peut-être, épiaient parmi cette foule en procession des silhouettes de leur passé.

Je rentre toujours chez moi en traversant ce qui fut la salle à manger de l'ancien hôtel Majestic, juste au tournant du boulevard de Cimiez. Ce n'est plus qu'un hall, maintenant, qui sert de salle de réunion ou d'exposition. Tout au fond, dans la demi-pénombre, une chorale chantait des cantiques en anglais. La pancarte, au pied de l'escalier, portait cette inscription : « Today : *The Holy Nest.* » Leurs voix aiguës me parvenaient encore, au deuxième étage, quand j'ai refermé la porte de ma chambre. On aurait dit des chants de Noël. D'ailleurs Noël approchait. Il faisait froid dans cette chambre meublée, une ancienne chambre d'hôtel avec salle de bains, dont subsistait encore le numéro, sur une plaque de cuivre, à l'intérieur de l'armoire : 252.

J'ai allumé le petit radiateur électrique mais la chaleur qu'il diffusait était si faible que j'ai fini par débrancher la prise. Je me suis allongé sur le lit, sans enlever mes chaussures.

Il existe, dans cet immeuble Majestic, des appartements de trois ou quatre pièces, les anciennes suites de l'hôtel, ou de simples chambres que l'on a fait communiquer entre

23

elles au cours des travaux de réfection. Je préfère habiter dans une seule pièce. C'est moins triste. On a encore l'illusion de vivre à l'hôtel. Le lit est toujours celui de la chambre 252. La table de nuit aussi. Et je me demande si le bureau de bois sombre, faussement Louis XVI, appartenait au mobilier du Majestic. La moquette, elle, n'existait pas dans la chambre 252 : une moquette gris-beige, usée par endroits. La baignoire et le lavabo ont changé eux aussi.

Je n'avais pas envie de dîner. J'ai éteint la lampe. Je fermais les yeux et me laissais bercer par les voix lointaines de la chorale anglaise. J'étais encore allongé sur le lit, dans l'obscurité, quand le téléphone a sonné.

— Allô... C'est Villecourt...

Sa voix était très basse, presque un chuchotement.

— Je vous dérange ? J'ai trouvé votre numéro dans l'annuaire...

Je restai silencieux. Il me demanda encore :

— Je vous dérange ?...

— Pas du tout.

— Je voudrais simplement que les choses soient claires entre nous. Quand nous nous sommes quittés, j'ai eu l'impression que vous m'en vouliez...

— Je ne vous en veux pas...

— Pourtant, ce geste que vous m'avez fait...

— C'était une blague.

— Une blague ? Vous avez un sens de l'humour vraiment particulier.

— C'est comme ça, lui dis-je. On doit m'accepter tel que je suis.

— J'ai trouvé ce geste tellement agressif... Vous avez quelque chose à me reprocher ?...

— Non.

— Je ne vous ai jamais rien demandé, moi... C'est vous, Henri, qui êtes venu me chercher. Vous attendiez devant le stand, boulevard Gambetta.

— Je ne m'appelle pas Henri...

— Excusez-moi... Je confondais avec un autre... Ce brun qui donnait toujours des tuyaux de courses... Je ne sais pas ce que Sylvia pouvait bien lui trouver...

— Je n'ai pas envie de parler de Sylvia avec vous.

C'était vraiment pénible de poursuivre notre conversation téléphonique dans l'obscurité. Du hall, les voix de la chorale anglaise me parvenaient toujours et elles me rassuraient : je n'étais pas tout à fait seul, ce soir.

— Pourquoi vous ne voulez pas parler de Sylvia avec moi ?

— Parce que nous ne parlons pas de la même personne.

Je raccrochai. Au bout d'un instant très bref, le téléphone sonna, de nouveau.

— Ce n'est pas gentil d'avoir raccroché... Mais je ne vous lâcherai pas...

Il voulait mettre quelque chose d'ironique dans sa voix.

— Je suis fatigué, lui dis-je.

— Moi aussi. Mais ce n'est pas une raison pour ne plus parler ensemble. Nous sommes les seuls, désormais, à savoir certaines choses...

— Je croyais que vous aviez tout oublié...

Il y eut un silence.

— Pas vraiment... Ça vous gêne, hein ?

— Non.

25

— Mettez-vous bien dans la tête que c'était moi qui connaissais le mieux Sylvia... C'était moi qu'elle aimait le plus... Vous voyez, je ne me dérobe pas devant mes responsabilités.

Je raccrochai. Quelques minutes s'écoulèrent avant que la sonnerie ne retentît de nouveau.

— Il existait entre Sylvia et moi des liens très forts... Le reste n'avait aucune importance pour elle...

Il parlait comme s'il avait trouvé naturel que j'eusse raccroché pour la deuxième fois.

— J'aimerais m'entretenir de tout cela avec vous, que vous le vouliez ou non... Je vous rappellerai jusqu'à ce que vous acceptiez...

— Je couperai le téléphone.

— Alors je vous attendrai devant votre immeuble. Vous ne pourrez pas vous débarrasser de moi si facilement... Après tout, c'est vous qui êtes venu me chercher...

Je raccrochai encore une fois. De nouveau la sonnerie du téléphone.

— Je n'ai pas oublié certaines choses... Je peux encore vous attirer beaucoup d'ennuis... Je veux que nous ayons une conversation sérieuse au sujet de Sylvia...

— Vous oubliez que moi aussi je peux vous attirer beaucoup d'ennuis, lui dis-je.

Cette fois-ci, après avoir raccroché, je composai mon propre numéro de téléphone et j'enfouis le récepteur sous l'oreiller pour ne pas entendre la tonalité.

Je me levai et, sans allumer la lampe, je vins m'appuyer à la fenêtre. En bas, le boulevard de Cimiez était désert. De temps en temps, une voiture passait et chaque fois je me demandais si elle allait s'arrêter. Un claquement de portière. Il sortirait et lèverait la tête vers la façade du Majestic pour repérer à quel étage il y avait encore de la lumière. Il entrerait dans la cabine téléphonique, là où le boulevard amorce sa courbe. Est-ce que je laisserais le récepteur décroché ? Ou bien lui répondrais-je ? Le mieux serait d'attendre la sonnerie et de garder le récepteur à l'oreille, sans rien dire. Il répéterait : « Allô... Vous m'entendez ?... Allô, vous m'entendez ?... Je suis tout près de chez vous... Répondez-moi... Répondez-moi... » Je n'opposerais à cette voix de plus en plus inquiète et de plus en plus plaintive que le silence. Oui, j'aimerais lui transmettre ce sentiment de vide que j'éprouve moi-même.

La chorale s'est tue depuis longtemps, et je reste posté devant la fenêtre. J'attends que sa silhouette se découpe, en bas, dans l'éclairage blanc du boulevard, comme elle se découpait l'autre dimanche, sur la Promenade des Anglais.

A la fin de la matinée, je suis descendu au garage. On peut y accéder du rez-de-chaussée de l'immeuble par un escalier en ciment. Il suffit de suivre un couloir, au fond du hall, d'ouvrir une porte, et d'allumer la minuterie.

C'est un très vaste local, en contrebas du Majestic, qui devait déjà servir, à l'époque de l'hôtel, de remise pour les automobiles.

Personne. Les trois employés s'étaient absentés pour le déjeuner. A vrai dire, ils avaient de moins en moins de travail. Quelqu'un klaxonnait du côté de la station-service. Une Mercedes attendait et le conducteur m'a demandé de faire le plein. Il m'a donné un gros pourboire. Puis je me suis dirigé vers mon bureau, à l'intérieur du garage. Une pièce carrelée aux murs vert pâle et aux panneaux vitrés. On avait déposé une enveloppe à mon nom sur la table de bois blanc. Je l'ai ouverte et j'ai lu :

« Soyez tranquille. Vous n'entendrez plus parler de moi. Ni de Sylvia.

« Villecourt. »

Par acquit de conscience, j'ai sorti sa carte de visite de ma poche et j'ai composé le numéro de téléphone de son domicile d'Antibes : pas de réponse. J'ai mis de l'ordre sur mon bureau, où de vieux dossiers et des factures étaient empilés depuis plusieurs mois. Je les ai rangés dans l'armoire métallique. Bientôt, il ne resterait plus rien de tout cela : le gérant de l'immeuble, grâce auquel j'avais obtenu cette place de direction dans ce garage, m'avait averti qu'on allait le transformer en simple parking.

J'ai regardé par le panneau vitré : là-bas une voiture américaine attendait, le capot ouvert, le pneu de l'une de ses roues arrière complètement à plat. Quand les autres reviendraient, il faudrait que je leur demande s'ils ne l'avaient pas oubliée. Mais reviendraient-ils ? Eux aussi, on leur avait annoncé la fermeture prochaine du garage, et sans doute avaient-ils trouvé un autre emploi ailleurs. J'étais le seul à n'avoir pas pris mes précautions.

Plus tard, dans l'après-midi, j'ai composé de nouveau le numéro de Villecourt à Antibes. Pas de réponse. Des trois employés, un seul était revenu et achevait la réparation de la voiture américaine. Je lui ai dit que je m'absentais pour une heure ou deux et lui ai demandé de s'occuper de la station-service.

Il y avait du soleil et un tapis de feuilles mortes sur le trottoir de l'avenue Dubouchage. Tout en marchant, je pensais à mon avenir. On me verserait une indemnité à la fermeture du garage et je vivoterais quelque temps là-dessus. Je garderais ma chambre au Majestic, dont le loyer était dérisoire. Peut-être obtiendrais-je de Boistel, le gérant, de ne plus payer de loyer du tout en remerciement de mes services. Oui, je resterais sur la côte d'Azur pour toujours. A quoi bon changer d'horizon ? Je pourrais même reprendre mon ancien métier de photographe et attendre, sur la Promenade des Anglais, avec un polaroïd, le passage des touristes. Ce que j'avais pensé en jetant un œil sur la carte de visite de Villecourt s'appliquait aussi à moi. Il suffit souvent de quelques années pour venir à bout de bien des prétentions.

Sans m'en rendre compte, j'étais arrivé à la hauteur du jardin d'Alsace-Lorraine. Je tournai à gauche, boulevard Gambetta, et j'éprouvai un léger pincement au cœur en me demandant si je retrouverais Villecourt derrière son stand. Cette fois-ci, je l'observerais de loin pour qu'il ne puisse pas remarquer ma présence et je m'en irais aussitôt. Cela me soulagerait de contempler ce camelot qui n'était plus l'ancien Villecourt et n'avait jamais été mêlé à ma vie. Jamais. Un camelot inoffen-

29

sif comme il y en a sur les trottoirs de Nice aux approches des fêtes de Noël. Et rien de plus.

Je distinguai une silhouette qui s'agitait derrière le stand. Au moment de traverser la rue de la Buffa, je m'aperçus que ce n'était pas Villecourt mais un grand blond à tête de cheval et veste de cuir. Comme la première fois, je me glissai au premier rang. Il n'utilisait pas le podium, ni le micro et débitait son boniment d'une voix très forte en énumérant les marchandises devant lui : ragondin, agneau plongé, lapin, skunks, boots tout cuir simples ou fourrés... Le stand était beaucoup plus fourni que la veille et ce blond attirait plus de monde que Villecourt. Très peu de cuir. Des fourrures en quantité. Peut-être ne jugeait-on pas Villecourt digne de vendre des fourrures.

Lui, il faisait des remises de vingt pour cent sur les vestes de ragondin et les deux-pièces d'agneau plongé avec spencer. De l'agneau ? Il y en avait de toutes les couleurs : noir, chocolat, marine, vert bronze, fuchsia, violet clair... En prime, pour les acheteurs, un paquet de marrons glacés. Il parlait de plus en plus vite et me donnait le vertige. J'ai fini par m'asseoir à la terrasse du café voisin et j'ai attendu près d'une heure, avant que les badauds ne se dispersent. Le jour était tombé depuis longtemps.

Il était seul derrière son stand, et je me suis approché de lui :

— C'est fermé, m'a-t-il dit. Mais si vous voulez quelque chose... J'ai des vestes de cuir... très bon marché... trente pour cent de remise... ou des vestes longues en agneau doux... doublure taffetas, tailles 38 à 46... Je vous la laisse à moitié prix...

Si je ne lui coupais pas la parole, il ne s'arrêterait plus. Il était porté par son élan.

— Vous connaissez Frédéric Villecourt? lui ai-je dit.

— Non.

Il commençait à empiler fourrures et vestes de cuir les unes sur les autres.

— Pourtant, hier après-midi, il était là, à votre place.

— Vous savez, nous sommes tellement à travailler sur la côte d'Azur pour « France-Cuir »...

La camionnette s'arrêta à la hauteur du stand. Le même chauffeur en descendit et fit coulisser la portière.

— Bonjour, lui ai-je dit. Nous nous sommes vus hier soir avec un ami à moi...

Il me considérait en fronçant les sourcils et semblait ne se souvenir de rien.

— Vous êtes même venu le chercher au café du Forum...

— Ah oui... Ah oui. En effet...

— Tu me charges tout ça en vitesse, a dit le grand blond à tête de cheval.

L'autre prenait les manteaux et les vestes les uns après les autres et les enfilait sur des cintres avant de les suspendre dans la camionnette.

— Vous ne savez pas où il est?

— Il ne travaille peut-être plus pour « France-Cuir »...

Il m'avait répondu d'une voix sèche, comme si Villecourt avait commis une faute très grave et que ce fût vraiment un privilège de travailler pour « France-Cuir ».

— Je croyais qu'il avait un emploi fixe...

31

Le grand blond à tête de cheval, les fesses appuyées contre le bord du stand, notait quelque chose sur un carnet. Les comptes de la journée ?

Je sortis de ma poche la carte de visite de Villecourt.

— Vous avez dû le ramener chez lui hier soir... 5, avenue Bosquet à Antibes...

Le chauffeur continuait de ranger les manteaux et les vestes dans la camionnette et ne daignait même pas me jeter un regard.

— C'est un hôtel, me dit-il. C'est là où descendent les vendeurs de « France-Cuir »... Là-bas on les prévient s'ils doivent travailler sur Cannes ou sur Nice...

Je lui tendis un manteau d'agneau, puis une veste de cuir, puis des bottes fourrées. Si je l'aidais à charger sa camionnette, peut-être consentirait-il à me donner quelques renseignements supplémentaires au sujet de Villecourt.

— Comment voulez-vous que j'aie le temps de les connaître tous... ? Il y a du roulement... Une dizaine de nouveaux par semaine... On les voit deux ou trois jours... Ils repartent... D'autres les remplacent... Ça ne chôme pas, avec « France-Cuir »... Nous avons des stocks dans toute la région... Pas seulement à Cannes ou à Nice... A Grasse... A Draguignan...

— Alors, je n'ai plus aucune chance de le joindre à Antibes ?

— Ah non... sa chambre doit déjà être occupée par quelqu'un d'autre... Peut-être par Monsieur...

Il me désigna le grand blond à tête de cheval qui prenait toujours des notes sur son carnet.

— Et il n'y a aucun moyen de savoir où il est ?

— De deux choses l'une... Ou bien il ne travaille plus pour « France-Cuir », on l'a fichu à la porte parce qu'il n'était pas assez « vendeur »...

Il avait fini d'accrocher ses manteaux et ses vestes dans la camionnette et s'épongeait le front avec le bout de son écharpe.

— Ou bien ils l'ont envoyé ailleurs... Mais si vous demandez à la direction, ils ne vous diront rien... Le secret professionnel... Vous n'êtes même pas de sa famille, je suppose ?

— Non.

Son ton s'était radouci. Le grand blond à tête de cheval était venu se joindre à nous.

— Tu as tout emballé ?

— Oui.

— Alors, on y va...

Il est monté à l'avant de la camionnette. L'autre a fait coulisser la portière et a bien vérifié si elle était bloquée. Puis il est monté à son tour et s'est penché vers moi par la vitre entrouverte.

— Quelquefois « France-Cuir » les envoie à l'étranger... Ils ont des dépôts en Belgique... Si ça se trouve, ils l'ont expédié en Belgique...

Il a haussé les épaules et a démarré. J'ai suivi du regard la camionnette qui a disparu au tournant de la Promenade des Anglais.

Il faisait tiède. J'ai marché jusqu'au jardin d'Alsace-Lorraine et je me suis assis sur un banc, derrière les balançoires et le bac à sable. J'aime cet endroit, à cause des pins parasols et des immeubles qui se découpent si nets sur le ciel. L'après-midi, je venais quelquefois m'asseoir ici avec Sylvia. Nous étions en sécurité parmi toutes ces mères qui surveillent leurs enfants. Personne n'irait nous chercher dans ce jardin. Et les gens, autour de nous, ne nous prêtaient guère attention. Nous aussi, après tout, nous pouvions avoir des enfants qui glissaient sur le toboggan ou bâtissaient des châteaux de sable.

En Belgique... Si ça se trouve, ils l'ont expédié en Belgique... J'imaginais Villecourt, le soir, sous la pluie, vendant à la sauvette des porte-clés et de vieilles photos pornographiques dans le quartier de la gare du Midi, à Bruxelles. Il n'était plus que l'ombre de lui-même. Le mot qu'il m'avait laissé, ce matin, au garage, ne m'avait pas surpris : « Vous n'entendrez plus parler de moi. » J'en avais le pressentiment. Le plus étonnant, c'est qu'il me l'avait écrit, ce mot, et qu'il constituait donc une preuve matérielle de sa survie. Quand il se tenait derrière son stand, hier soir, j'avais mis du temps à le reconnaître, à me persuader que c'était bien lui. Je m'étais planté au premier rang des badauds et je le regardais avec insistance comme si je voulais le rappeler à lui-même. Et sous ce regard fixe, il s'était efforcé de redevenir l'ancien Villecourt. Pendant quelques heures, il avait encore joué ce rôle, il m'avait téléphoné, mais le cœur n'y était plus. Maintenant, à Bruxelles, il rejoignait par le boulevard Anspach la gare du Nord et il prenait un train, au hasard. Il se retrouvait dans un compartiment enfumé avec des voyageurs de commerce qui jouaient aux cartes. Et le train s'ébranlait vers une destination inconnue...

Moi aussi, j'avais pensé à Bruxelles pour m'y réfugier avec Sylvia, mais nous avions préféré ne pas quitter la France. Il fallait choisir une ville importante où nous passerions inaperçus. Nice comptait plus de cinq cent mille habitants parmi lesquels nous pourrions disparaître. Ce n'était pas une ville comme les autres. Et puis, il y avait la Méditerranée...

Une fenêtre est allumée au troisième étage de l'immeuble qui fait le coin du square et du boulevard Victor-Hugo, là où habitait Mme Efflatoun Bey. Est-ce qu'elle vit toujours ? Je devrais sonner à sa porte ou questionner la concierge. Je contemple la fenêtre éclairée d'une lumière jaune. Déjà, à l'époque de notre arrivée dans cette ville, Mme Efflatoun Bey avait vécu sa vie depuis longtemps et je me demandais si elle en conservait de vagues souvenirs. C'était un fantôme aimable, parmi les milliers d'autres fantômes qui peuplent Nice. Quelquefois, l'après-midi, elle venait s'asseoir sur un banc de ce jardin d'Alsace-Lorraine, à côté de nous. Les fantômes ne meurent pas. Il y aura toujours de la lumière à leurs fenêtres, comme à celles de tous ces immeubles ocre et blanc qui m'entourent et dont les pins parasols du square cachent à moitié les façades. Je me lève. Je suis le boulevard Victor-Hugo et je compte machinalement les platanes.

Au début, quand Sylvia m'a rejoint ici, je voyais les choses d'une manière différente que je ne les vois ce soir. Nice n'était pas cette ville familière où je marche pour retrouver le hall du Majestic et ma chambre au radiateur inutile. Heureusement les hivers sont doux sur la côte d'Azur et cela m'indiffère de dormir avec un manteau. C'est du printemps que j'ai peur. Il revient chaque fois comme une lame de fond, et chaque fois je me demande si je ne vais pas basculer par-dessus bord.

Je croyais que ma vie prendrait un cours nouveau et qu'il suffirait de rester quelque temps à Nice pour effacer tout ce qui avait précédé. Nous finirions par ne plus sentir le poids qui pesait sur nous. Ce soir-là, je marchais d'une allure beaucoup plus rapide que celle d'aujourd'hui. Rue Gounod, j'étais passé devant le salon de coiffure. Son néon rose brille toujours — je n'ai pu m'empêcher de le vérifier avant de poursuivre ma marche.

Je n'étais pas encore un fantôme, comme ce soir. Je me disais que nous allions tout oublier et tout recommencer à zéro dans cette ville inconnue. Recommencer à zéro. C'était la phrase que je me répétais en suivant la rue Gounod d'un pas de plus en plus léger.

« Tout droit », m'avait dit un passant auquel j'avais demandé le chemin de la gare. Tout droit. J'avais confiance dans l'avenir. Ces rues étaient nouvelles pour moi. Aucune importance si je me guidais un peu au hasard. Le train de Sylvia n'arrivait en gare de Nice qu'à dix heures et demie du soir.

Elle avait un grand sac en cuir grenat pour tout bagage et, à son cou, la Croix du Sud. J'étais intimidé de la voir s'avancer vers moi. Je l'avais laissée une semaine auparavant dans un hôtel d'Annecy car j'avais voulu partir tout seul à Nice et m'assurer que nous pouvions bien nous fixer dans cette ville.

La Croix du Sud brillait sur le jersey noir dans

l'encolure du manteau. Elle a croisé mon regard, elle a souri et elle a rabattu son col. Ce n'était pas prudent de porter ce bijou d'une façon ostentatoire. Et si, dans le train, elle s'était trouvée assise en face d'un diamantaire et avait attiré son attention ? Mais à cette pensée saugrenue, j'ai fini par sourire moi aussi. Je lui ai pris son sac de voyage.

— Il n'y avait pas de diamantaire dans ton compartiment ?

Je dévisageais les rares voyageurs qui venaient de descendre du train en gare de Nice, et marchaient sur le quai autour de nous.

Dans le taxi, j'ai eu un moment d'appréhension. Le meublé que j'avais choisi et l'aspect de la chambre risquaient de lui déplaire. Mais il valait mieux que nous habitions ce genre d'endroit plutôt qu'un hôtel où les employés de la réception nous auraient repérés.

Le taxi a suivi le chemin que j'emprunte en sens inverse aujourd'hui : boulevard Victor-Hugo, jardin d'Alsace-Lorraine. C'était à la même époque de l'année, vers la fin du mois de novembre, et les platanes avaient perdu leurs feuilles, comme ce soir. Elle a ôté de son cou la Croix du Sud et j'ai senti dans la paume de ma main le contact de la chaîne et du diamant.

— Prends-le... Sinon je vais le perdre...

J'ai glissé avec précaution la Croix du Sud dans la poche intérieure de ma veste.

— Tu te rends compte s'il y avait eu un diamantaire dans ton compartiment, en face de toi ?

Elle a appuyé sa tête contre mon épaule. Le taxi s'était arrêté au coin de la rue Gounod pour laisser le passage à d'autres voitures qui venaient de la gauche. Au début de la rue, la façade du salon de coiffure brillait de son néon rose.

— De toute façon, si j'avais été en face d'un diamantaire, il aurait cru que c'était du Burma...

Elle m'avait chuchoté cette phrase à l'oreille pour que le chauffeur n'entende pas, et avec l'intonation que Villecourt qualifiait de « faubourienne » aux heures où lui, Villecourt, voulait paraître distingué, cette intonation que j'aimais bien, moi, parce qu'elle était celle de l'enfance.

— Oui, mais imagine qu'il t'ait demandé de l'examiner de plus près... avec une loupe...

— Je lui aurais dit que c'était un bijou de famille.

Le taxi s'est arrêté rue Caffarelli, devant la villa Sainte-Anne, chambres meublées. Nous sommes restés un instant immobiles tous les deux, sur le trottoir. Je tenais son sac de voyage.

— L'hôtel est au fond du jardin, lui ai-je dit.

Je craignais qu'elle ne soit déçue. Mais non. Elle m'a pris le bras. J'ai poussé la grille qui s'est ouverte dans un bruissement de feuillages et nous avons suivi l'allée obscure jusqu'au pavillon qu'éclairait une ampoule au-dessus de la verrière de l'entrée.

Nous sommes passés devant la véranda. Le lustre était allumé dans le salon où la propriétaire m'avait reçu quand j'avais loué la chambre pour un mois.

Sans attirer l'attention de personne, nous avons fait le tour du pavillon. J'ai ouvert la porte de derrière et nous avons monté l'escalier de service. La chambre était au premier étage, au fond d'un couloir.

Elle s'est assise sur le vieux fauteuil de cuir. Elle n'avait pas ôté son manteau. Elle a regardé autour d'elle, comme si elle voulait s'habituer au décor. Les deux fenêtres qui donnaient sur le jardin du pavillon étaient protégées par des rideaux noirs. Un papier peint aux motifs roses recouvrait les murs sauf celui du fond dont le bois clair évoquait un chalet de montagne. Pas d'autres meubles que le fauteuil de cuir et le lit assez large aux barreaux de cuivre.

J'étais assis sur le rebord du lit. J'attendais qu'elle parle.

— En tout cas, on ne viendra pas nous chercher ici.

— Certainement pas, lui ai-je dit.

Je voulais lui détailler les avantages du lieu pour mieux me convaincre moi-même : j'ai payé un mois d'avance... C'est une chambre indépendante... Nous garderons toujours la clé... La propriétaire habite au rez-de-chaussée... Elle nous laissera tranquilles...

Mais elle n'avait pas l'air de m'écouter. Elle considérait la suspension qui jetait une lumière faible sur nous, puis le parquet, puis les rideaux noirs.

Avec son manteau, on aurait cru qu'elle allait quitter la chambre d'un instant à l'autre et j'ai eu peur qu'elle ne me laisse tout seul sur ce lit. Elle restait immobile, les mains à plat sur les accoudoirs du fauteuil. Une expression de découragement a traversé son regard, ce découragement que j'éprouvais moi aussi.

Il a suffi qu'elle pose les yeux sur moi pour que tout change. Peut-être sentait-elle que nous éprouvions les mêmes choses aux mêmes moments. Elle m'a souri et à voix basse, comme si elle craignait que quelqu'un n'écoute derrière la porte :

— Il ne faut pas se faire de soucis.

La musique et la voix grave d'un speaker, au rez-de-chaussée du pavillon, se sont interrompues. On avait éteint la télévision ou le poste de radio. Nous étions tous les deux allongés sur le lit. J'avais écarté les rideaux et, par les deux fenêtres, une faible lumière traversait l'obscurité de la chambre. Je voyais son profil. Elle se tenait les deux bras en arrière, les mains entourant les barreaux du lit, avec la Croix du Sud à son cou. Elle préférait la porter pendant son sommeil : comme ça, on ne risquait pas de la lui voler.

— Tu ne trouves pas que ça sent une drôle d'odeur ? m'a-t-elle demandé.

— Oui.

La première fois que j'avais visité cette chambre, une odeur de moisi m'avait pris à la gorge. J'avais ouvert les deux fenêtres pour faire entrer un peu d'air frais, mais cela n'avait servi à rien. L'odeur imprégnait les murs, le cuir du fauteuil et la couverture de laine.

Je me suis rapproché d'elle et bientôt son parfum était

40

plus fort que l'odeur de la chambre, un parfum lourd dont je ne pouvais plus me passer, quelque chose de doux et de ténébreux, comme les liens qui nous attachaient l'un à l'autre.

Ce soir, dans l'ancien hall du Majestic, c'est la réunion hebdomadaire de l'association « Terres lointaines ». Au lieu de monter dans ma chambre, je pourrais m'asseoir sur l'un des sièges de bois — les mêmes que ceux des squares — et écouter le conférencier parmi la centaine de personnes qui se sont rassemblées et qui portent chacune au revers de leur manteau un rond blanc où est inscrit T.L. en caractères bleus. Mais il ne reste aucune place libre et je me faufile, en frôlant le mur, jusqu'à l'escalier.

Ma chambre d'aujourd'hui ressemble à celle de la pension Sainte-Anne, rue Caffarelli. Il y flotte la même odeur, en hiver, à cause de l'humidité et des meubles de vieux bois et de vieux cuir. A la longue, les lieux déteignent sur vous, mais rue Caffarelli, avec Sylvia, mon état d'esprit était différent. Aujourd'hui, j'ai souvent l'impression de pourrir sur place. Je me raisonne. Au bout d'un instant cette impression se dissipe et il ne reste qu'un détachement, une sensation de calme et de légèreté. Plus rien n'a d'importance. A l'époque de la rue Caffarelli, j'étais quelquefois découragé, mais l'avenir m'apparaissait sous des couleurs favorables. Nous finirions par sortir de cette situation délicate où nous nous trouvions. Nice n'était qu'une étape pour nous. Très vite, nous partirions loin d'ici, à l'étranger. Je me faisais des illusions. J'ignorais encore que cette ville était un marécage et que je m'y engluerais peu à peu. Et que le seul itinéraire que je suivrais, au cours de toutes ces années, serait celui qui mène de la rue Caffarelli au boulevard de Cimiez où je vis maintenant.

Le lendemain de l'arrivée de Sylvia était un dimanche. Nous sommes allés nous asseoir à la terrasse d'un café de la Promenade des Anglais, en fin d'après-midi, cette même terrasse d'où je voyais, l'autre soir, passer Ville-court, son sac de cuir en bandoulière. Il avait fini par rejoindre les ombres qui défilaient devant nous à contre-jour, ces hommes et ces femmes qui nous semblaient, à Sylvia et à moi, tellement vieux... J'ai peur, en refermant la porte de ma chambre. Je me demande si, désormais, je ne suis pas un des leurs. Ce soir-là, ils buvaient lentement leur thé aux tables voisines de la nôtre. Sylvia et moi, nous les observions, eux et les autres qui continuaient à défiler sur la Promenade des Anglais. La fin d'un dimanche d'hiver. Et je sais que nous pensions à la même chose : il faudrait trouver, parmi tous ces gens qui déambulaient à la même heure le long de la côte d'Azur, quelqu'un à qui vendre la Croix du Sud.

Il a plu pendant plusieurs jours de suite. J'allais chercher les journaux au kiosque qui se trouve en bordure du jardin d'Alsace-Lorraine et je revenais à la pension Sainte-Anne, sous la pluie. La propriétaire donnait à manger à ses oiseaux. Elle était vêtue d'un vieil imperméable et elle avait noué un foulard à son menton pour se protéger de la pluie. C'était une femme d'environ soixante ans, à l'allure élégante. Elle parlait avec l'accent de Paris. Elle me faisait un signe du bras et me disait : « Bonjour », puis continuait à ouvrir les cages une à une, à donner les grains, à refermer les cages. Elle aussi, par quel hasard avait-elle échoué à Nice ?

Le matin, au réveil, quand nous entendions les gouttes de pluie tambouriner contre le zinc du petit hangar, dans le jardin, nous savions qu'il en serait ainsi pendant toute la journée et souvent nous restions au lit jusqu'à la fin de l'après-midi. Nous préférions attendre que la nuit soit tombée pour sortir. De jour, la pluie sur la Promenade des Anglais, sur les palmiers et les immeubles clairs laissait au cœur un sentiment de tristesse. Elle imbibait les murs et bientôt le décor d'opérette et les couleurs de pâtisserie seraient complètement détrempés. La nuit effaçait cette désolation, grâce aux lumières et aux néons.

La première fois que j'ai eu le sentiment que nous étions pris au piège dans cette ville, c'était sous la pluie, rue Caffarelli, quand j'allais chercher les journaux. Mais dès mon retour, j'avais de nouveau confiance. Sylvia lisait un roman policier, le buste appuyé contre les barreaux du lit, la tête penchée. Tant qu'elle serait avec moi, je n'avais rien à craindre. Elle portait un col roulé gris clair très ajusté qui la rendait encore plus gracile et

44

contrastait avec les cheveux noirs et l'éclat bleu du regard.

— Il n'y a rien dans les journaux? me demandait-elle.
Je les feuilletais, assis au pied du lit.
— Non. Rien.

Tout finit par se confondre. Les images du passé s'enchevêtrent dans une pâte légère et transparente qui se distend, se gonfle et prend la forme d'un ballon irisé, prêt à éclater. Je me réveille en sursaut, le cœur battant. Le silence augmente mon angoisse. Je n'entends plus le conférencier de « Terres lointaines » dont un micro répercutait la voix monotone jusqu'à ma chambre. Cette voix et la musique du film documentaire qui avait suivi — sans doute un film sur le Pacifique, à cause de la plainte de guitares hawaïennes — me berçaient et je m'étais endormi.

Je ne sais plus si nous avons rencontré les Neal avant ou après l'arrivée de Villecourt à Nice. J'ai beau fouiller dans ma mémoire, tenter de trouver des points de repère, je ne parviens pas à démêler les deux événements. D'ailleurs, il n'y a pas eu d'événements. Jamais. Ce terme est impropre. Il suggère quelque chose de brutal et de spectaculaire. Mais non. Tout s'est déroulé en douceur, de manière imperceptible, comme se tissent lentement sur le canevas les motifs d'une tapisserie, comme défilaient les passants sur le trottoir de la Promenade des Anglais, devant nous.

Vers six heures du soir, nous étions assis à une table de la terrasse vitrée du Queenie. La lumière mauve des lampadaires vacillait. C'était la nuit. Nous attendions, sans très bien savoir quoi. Nous étions semblables à des centaines et des centaines de personnes, qui, elles aussi, au cours des années, avaient attendu assises à la même terrasse de la Promenade : réfugiés en zone libre, exilés, Anglais, Russes, gigolos, croupiers corses du Palais de la Méditerranée. Certains n'avaient pas bougé de place depuis quarante ans et ils buvaient leur thé aux tables voisines de la nôtre à petits gestes saccadés. Et le pianiste ? Depuis quand égrenait-il ses notes entre cinq et huit heures du soir, au fond de la salle ? J'avais eu la curiosité de le lui demander. Depuis toujours, m'avait-il dit. Réponse évasive, comme de quelqu'un qui en sait trop long et qui veut cacher un secret compromettant. En somme, c'était un type de notre genre, à Sylvia et à moi. Et chaque fois qu'il nous voyait entrer, il nous faisait un signe de connivence : un hochement amical de la tête ou bien quelques accords qu'il plaquait avec force sur le clavier.

Ce soir-là, nous sommes demeurés plus tard que d'habitude sur la terrasse. Les clients, peu à peu, avaient tous quitté la salle et il ne restait plus que nous et le pianiste. C'était un moment de vide, avant l'apparition des premiers dîneurs. Les garçons achevaient de dresser les tables dans la partie « restaurant » de l'établissement. Et nous, nous ne savions pas très bien à quoi occuper cette soirée. Rentrer dans notre chambre de la pension Sainte-Anne ? Aller à la séance du soir du cinéma Le Forum ? Ou attendre, tout simplement ?

Ils se sont assis à une table proche de la nôtre. Ils étaient placés l'un à côté de l'autre, face à nous. Lui avait l'air plutôt négligé, dans son blouson de daim, le visage hâve, comme s'il revenait d'un long voyage ou qu'il n'avait pas dormi depuis quarante-huit heures. Elle, au contraire, était très soignée : sa coiffure et son maquillage laissaient supposer qu'elle se rendait à une soirée. Elle portait un manteau de fourrure qui devait être de la zibeline.

Ça s'est fait de la manière la plus banale et la plus naturelle. Je crois que Neal est venu me demander du feu, au bout d'un instant. A part eux et nous, il n'y avait personne sur la terrasse et ils ont compris que c'était l'heure de fermeture.

— Alors, on ne peut même pas boire un verre ? a dit Neal en souriant. Nous sommes complètement abandonnés ?

Un garçon s'est dirigé vers leur table d'une démarche molle. Je me souviens que Neal a commandé un double café, ce qui m'a confirmé dans l'idée qu'il n'avait pas dormi depuis longtemps. Tout au fond, le pianiste tapait sur les mêmes touches, sans doute pour vérifier si son instrument était bien accordé. Aucun client ne se présentait pour le dîner. Dans la salle, les garçons attendaient, figés. Et ces notes de piano, toujours les mêmes... Il pleuvait sur la Promenade des Anglais.

— On ne peut pas dire qu'il y ait beaucoup d'ambiance, a remarqué Neal.

48

Elle fumait, en silence, à côté de lui. Elle nous souriait. Il y a eu entre Neal et nous l'amorce d'une conversation :

— Vous habitez Nice ?

— Et vous ?

— Oui. Vous êtes en vacances ici ?

— A Nice, la pluie, ce n'est pas très drôle.

— Il pourrait peut-être jouer autre chose, a dit Neal. Il me donne la migraine...

Il s'est levé, il est entré dans la salle et a marché vers le pianiste. La femme nous souriait toujours. Au retour de Neal, nous entendions les premières mesures de *Stranger in the Night.*

— Ça vous va, cette musique-là ? nous a-t-il demandé.

Le serveur a apporté les consommations et Neal nous a proposé de boire un verre avec eux. Et nous nous sommes retrouvés à leur table, Sylvia et moi. Pas plus que le mot « événement », le mot « rencontre » ne convient ici. Nous n'avons pas rencontré les Neal. Ils ont glissé dans nos filets. Si ce n'avaient pas été les Neal, ce soir-là, ç'auraient été, le lendemain ou le surlendemain, d'autres personnes. Depuis des jours et des jours, nous restions immobiles Sylvia et moi dans des lieux de passage : salles et bars d'hôtels, terrasses de cafés de la Promenade des Anglais... Il me semble, aujourd'hui, que nous tissions une gigantesque et invisible toile d'araignée et que nous attendions que quelqu'un s'y prenne.

Ils avaient tous deux un imperceptible accent étranger. J'ai fini par demander :

— Vous êtes anglais ?

— Américain, m'a dit Neal. Ma femme est anglaise.

— J'ai été élevée sur la côte d'Azur, a-t-elle corrigé. Je ne suis pas tout à fait anglaise.

— Et moi pas tout à fait américain, a dit Neal. J'habite depuis longtemps à Nice.

Ils oubliaient notre présence et puis, l'instant suivant, ils nous parlaient avec une gentillesse chaleureuse. Ce mélange de distraction et d'euphorie s'expliquait chez lui par l'état second que causent une extrême fatigue et le décalage horaire :. hier, il était encore en Amérique, nous disait-il, et sa femme était allée le chercher ce soir même à l'aéroport de Nice. Elle ne s'attendait pas à un retour si rapide. Elle s'apprêtait à sortir avec des amis au moment où il avait téléphoné de l'aéroport. Voilà pourquoi elle portait cette robe du soir et ce manteau de fourrure.

— De temps en temps, je dois faire un voyage aux Etats-Unis, expliquait-il.

Elle aussi, elle donnait l'impression de flotter. A cause du Martini qu'elle avait bu d'un seul trait ? Ou du côté rêveur et excentrique des Anglaises ? De nouveau l'image de la toile d'araignée invisible que nous avions tendue, Sylvia et moi, s'est imposée à mon esprit. Ils étaient venus s'y prendre dans un état de moindre résistance. Je tentais de me rappeler la manière dont ils avaient fait irruption sur cette terrasse de café. N'avaient-ils pas le visage un peu égaré, la démarche titubante ?

— Je crois que je n'aurai pas la force d'aller chez tes amis, a dit Neal à sa femme.

— Aucune importance. Je vais les décommander.

Il a avalé un troisième café.

— Je me sens mieux... C'est vraiment agréable de retrouver la terre ferme... Je ne supporte pas l'avion...

Nous avons échangé un regard, Sylvia et moi. Nous ne savions pas s'il fallait prendre congé. Ou bien rester en leur compagnie. Avaient-ils envie de faire plus ample connaissance avec nous?

Les lumières de la terrasse vitrée se sont éteintes dans un claquement d'interrupteur, sauf celles de la salle de restaurant qui nous enveloppaient d'une demi-pénombre.

— Si je comprends bien, ils veulent nous chasser, a dit Neal.

Il a fouillé dans les poches de son blouson.

— C'est idiot... Je n'ai pas d'argent français.

Je m'apprêtais à régler nos consommations mais la femme de Neal avait déjà sorti de son sac à main une liasse de billets, et elle en posait un, négligemment, sur la table.

Neal s'est levé. Dans cette pénombre, la fatigue lui creusait le visage.

— Il est temps de rentrer. Je ne peux plus me tenir debout.

Sa femme lui a pris le bras et nous les avons suivis.

Leur voiture était garée un peu plus loin, sur la Promenade des Anglais, juste à la hauteur de cette banque iranienne dont la vitrine poussiéreuse indiquait qu'elle était fermée depuis longtemps.

— J'ai été ravi de faire votre connaissance, nous a dit Neal. Mais c'est drôle... J'avais l'impression que nous nous étions déjà rencontrés...

Et il regardait Sylvia avec insistance. Ça, je m'en souviens bien.

— Vous voulez que nous vous déposions quelque part ? a demandé sa femme.

Je leur ai dit que ce n'était pas la peine. J'ai craint que nous ne puissions plus nous débarrasser d'eux, Sylvia et moi. J'ai pensé à ces ivrognes qui s'accrochent à vous et veulent vous entraîner dans chaque bar pour un dernier verre. Souvent, ils deviennent agressifs. Pourtant, qu'y avait-il de commun entre de vulgaires ivrognes et les Neal ? Ils étaient si distingués, si placides...

— Vous habitez dans quel quartier ? a demandé Neal.

— Du côté du boulevard Gambetta.

— C'est notre chemin, a dit sa femme. Nous vous déposons, si vous voulez...

— D'accord, a dit Sylvia.

Et j'ai été surpris de son ton catégorique. Elle me tirait par le bras, comme si elle voulait m'entraîner, contre mon gré, dans la voiture des Neal. Nous nous sommes retrouvés tous les deux sur la banquette arrière. La femme de Neal était·au volant.

— Je préfère que tu conduises, a dit Neal. Je me sens tellement fatigué que je risque de vous envoyer dans le décor.

Nous passions devant le Queenie dont on avait éteint

toutes les lumières, puis devant le Palais de la Méditerranée. Ses arcades étaient bouchées par des grillages et le bâtiment aux fenêtres aveugles et aux stores affaissés semblait promis à la démolition.

— Vous habitez un appartement ? nous a demandé la femme de Neal.

— Non. Nous habitons l'hôtel pour le moment.

Elle avait profité du feu rouge, rue de Cronstadt, pour se retourner vers nous. Elle sentait une odeur de pin et je me demandais si cette odeur était celle de sa peau ou de son manteau de fourrure.

— Nous habitons une villa, a dit Neal, et nous serions très heureux de vous inviter.

La fatigue rendait sa voix sourde et accentuait son léger accent étranger.

— Vous êtes à Nice pour longtemps ? a demandé Mme Neal.

— Oui, nous sommes en vacances, ai-je dit.

— Vous habitez Paris ? a demandé Neal.

Pourquoi nous posaient-ils ces questions ? Tout à l'heure, dans le café, ils n'avaient montré aucune curiosité particulière à notre égard. L'inquiétude me gagnait, peu à peu. Je voulais faire un signe à Sylvia. Nous descendrions de la voiture au prochain feu rouge. Et si les portes étaient bloquées ?

— Nous habitons dans la région parisienne, a dit Sylvia.

Son ton calme a dissipé mes craintes. La femme de Neal a mis en marche les essuie-glaces, à cause de la pluie, et leur mouvement régulier a achevé de me rassurer.

— Du côté de Marnes-la-Coquette ? a demandé Neal.

Nous avons habité, ma femme et moi, à Marnes-la-Coquette.

— Non. Pas du tout, a dit Sylvia. A l'est de Paris. Au bord de la Marne.

Elle avait lancé cette phrase comme un défi et me souriait. Sa main s'était glissée dans la mienne.

— Je ne connais pas du tout ce coin-là, a dit Neal.

— C'est un coin qui a un charme très particulier, ai-je dit.

— Où, exactement? a demandé Neal.

— La Varenne-Saint-Hilaire, a dit Sylvia d'une voix nette.

Et pourquoi n'aurions-nous pas répondu aux questions de la manière la plus naturelle? Pourquoi aurait-il fallu mentir?

— Mais nous ne comptons pas revenir là-bas, ai-je ajouté. Nous voudrions rester sur la côte d'Azur.

— Vous avez raison, a dit Neal.

J'étais soulagé. Nous n'avions parlé à personne depuis si longtemps que nous finissions, Sylvia et moi, par tourner en rond dans cette ville comme dans une cage. Mais non, nous n'étions pas des pestiférés. Nous pouvions tenir une conversation avec quelqu'un, et même nous faire de nouvelles relations.

La voiture s'est engagée dans la rue Caffarelli et j'ai désigné à Mme Neal le portail de la villa Sainte-Anne.

— Ce n'est pas un hôtel, a dit Neal.

— Non. Une pension meublée.

J'ai regretté aussitôt ce mot qui risquait d'éveiller une méfiance chez eux. Ils avaient peut-être un préjugé envers des gens qui habitaient une pension meublée.

— C'est assez confortable quand même ? a demandé Neal.

Non, apparemment, il n'éprouvait aucun préjugé de ce genre mais plutôt une certaine sympathie pour nous.

— C'est provisoire, a dit Sylvia. Nous espérons trouver quelque chose d'autre.

La voiture était arrêtée devant la pension Sainte-Anne. Mme Neal avait coupé le moteur.

— Nous pourrions vous aider à trouver un autre logement, a dit Neal d'une voix distraite. N'est-ce pas Barbara ?

— Bien sûr, a dit Mme Neal. Il faudrait se revoir.

— Je vous donne notre adresse, a dit Neal. Vous pouvez téléphoner quand vous voulez.

Il sortit un portefeuille de sa poche et de ce portefeuille une carte de visite qu'il me tendit.

— A bientôt... J'espère vous revoir très vite...

Mme Neal s'était retournée vers nous.

— Je suis vraiment heureuse d'avoir fait votre connaissance...

Etait-elle vraiment sincère ? Ou ne s'agissait-il que d'une formule de politesse ?

Ils nous considéraient tous les deux, en silence, dans la même position, les visages rapprochés.

Je ne savais quoi dire. Sylvia non plus. Je crois qu'ils auraient trouvé naturel que nous restions dans la voiture et que tout leur était égal. Ils auraient accueilli n'importe quelle proposition de notre part. C'était à nous de prendre une initiative. J'ai ouvert la portière.

— A bientôt, ai-je dit. Et merci de nous avoir raccompagnés.

Avant d'ouvrir la grille, je me suis retourné vers eux et j'ai jeté un œil sur la plaque d'immatriculation de la voiture. Les deux lettres CD m'ont donné un coup au cœur. Cela voulait dire CORPS DIPLOMATIQUE mais pendant un instant très bref j'ai confondu cette immatriculation avec celle d'une voiture de police, et j'ai pensé que nous étions pris au piège, Sylvia et moi.

— C'est une voiture que nous ont prêtée des amis, a dit Neal sur un ton amusé.

Il penchait la tête par la vitre ouverte de la portière et me souriait. Il avait dû remarquer mon expression d'étonnement à la vue de la plaque minéralogique. J'avais beau pousser la grille, elle ne bougeait pas. Je tournais et retournais la poignée. Enfin, la porte a brusquement cédé, sur un coup d'épaule.

Nous avons refermé la grille derrière nous et nous n'avons pas pu nous empêcher, Sylvia et moi, de les regarder encore une fois. Ils se tenaient dans la voiture, l'un à côté de l'autre, immobiles, comme pétrifiés.

Nous avons retrouvé l'odeur d'humidité et de moisissure de la chambre. Souvent, quand nous rentrions, au terme de ces journées vides, nous éprouvions un tel sentiment de solitude que cette humidité et cette moisissure nous pénétraient. Nous étions serrés l'un contre l'autre sur ce lit dont les ressorts et les cuivres grinçaient et nous avions fini par nous persuader que nos peaux elles-mêmes étaient imprégnées de cette odeur. Nous avions acheté des draps que nous avions parfumés à la lavande. Mais l'odeur ne nous quittait pas.

Cette nuit, tout était différent. Pour la première fois, depuis notre arrivée à Nice, nous avions rompu le cercle magique qui nous isolait et nous asphyxiait peu à peu. Cette chambre semblait brusquement provisoire. Nous n'avions même plus besoin d'ouvrir les fenêtres pour l'aérer, ni de nous envelopper dans les draps parfumés de lavande. Nous tenions l'odeur à distance.

J'ai appuyé le front contre la vitre de la fenêtre et j'ai fait signe à Sylvia de venir à côté de moi. Derrière la clôture grillagée du jardin, la voiture des Neal était toujours à l'arrêt, le moteur éteint. Que se disaient-ils ? Qu'attendaient-ils ? Cette voiture grise et immobile, représentait-elle une menace ? Nous verrions bien le cours que prendraient les choses. Tout valait mieux que cette prostration dans laquelle nous nous étions laissés tomber.

Le moteur s'est mis en marche. Un long moment encore, et la voiture a démarré puis a disparu au coin de la rue Caffarelli et de l'avenue Shakespeare.

Maintenant, j'en suis sûr : Villecourt a fait son apparition après notre première rencontre avec les Neal. L'événement a eu lieu dans la semaine qui a suivi. Nous n'avions pas encore revu les Neal, car il s'est bien écoulé une dizaine de jours avant que nous ayons pu les joindre au téléphone et qu'ils nous aient fixé un rendez-vous.

Evénement : là non plus le terme ne convient pas. Il fallait s'attendre à croiser Villecourt sur notre chemin.

Les matins de soleil, nous allions lire les journaux sur un banc du jardin d'Alsace-Lorraine, près du toboggan et des balançoires. Là, au moins, nous n'attirions l'attention de personne. En guise de déjeuner, nous mangions des sandwiches dans un café de la rue de France. Puis, nous prenions un autobus jusqu'à Cimiez ou jusqu'au port et nous nous promenions sur les pelouses du jardin des Arènes ou à travers les rues du vieux Nice. Vers cinq heures du soir, rue de France, nous achetions des romans policiers d'occasion. Et comme la perspective de rentrer à la pension Sainte-Anne nous accablait, nos pas nous entraînaient toujours sur la Promenade des Anglais.

Dans l'encadrement de la baie vitrée, les grilles et les

palmiers du jardin du musée Masséna se découpent sur le ciel. Un ciel d'un bleu limpide ou un ciel rose de crépuscule. Les palmiers, peu à peu, deviennent des ombres avant que le lampadaire au coin de la Promenade et de la rue de Rivoli ne jettent sur eux une clarté froide. Il m'arrive encore d'entrer dans ce bar par la porte en bois massif de la rue de Rivoli, pour éviter de traverser le hall de l'hôtel. Et je m'assieds toujours face à la baie vitrée. Comme ce soir-là, avec Sylvia. Nous ne détachions pas les yeux de cette baie vitrée. Le ciel clair et les palmiers contrastaient avec la demi-pénombre du bar. Mais au bout d'un moment, une inquiétude m'avait saisi, une impression d'étouffement. Nous étions prisonniers d'un aquarium, et nous regardions à travers sa vitre le ciel et la végétation du dehors. Nous ne pourrions jamais respirer à l'air libre. J'avais été soulagé que la nuit tombât et obscurcît la baie vitrée. Alors toutes les lumières du bar s'étaient allumées, et sous ces lumières vives, l'inquiétude se dissipait.

Derrière nous, tout au fond, la porte métallique d'un ascenseur glissait lentement et laissait le passage à des clients de l'hôtel qui descendaient de leurs chambres. Ils s'asseyaient aux tables du bar. Chaque fois, je guettais le glissement lent et silencieux et l'apparition des clients comme j'aurais surveillé un système d'horlogerie dont la régularité me rassurait.

La porte métallique s'est ouverte sur une silhouette au costume gris foncé que j'ai reconnue aussitôt. Je n'osais même pas faire un signe de tête à Sylvia pour qu'elle voie, elle aussi, l'homme qui sortait de l'ascenseur : Villecourt.

Il nous tournait le dos et se dirigeait vers le hall de l'hôtel. Il franchit la sortie du bar et il n'y avait plus aucun danger qu'il remarquât notre présence. Je chuchotai à Sylvia :

— Il est là.

Elle gardait son sang-froid. On aurait dit qu'elle s'était préparée à cette éventualité. Moi aussi, d'ailleurs.

— Je vais vérifier si c'est bien lui...

Elle a haussé les épaules comme si cela ne servait à rien.

J'ai traversé le hall de l'hôtel et je me suis posté derrière l'entrée vitrée. Il se tenait sur le trottoir, au coin de la Promenade des Anglais et de la rue de Rivoli, là où attendent les grosses voitures de louage. Il parlait à l'un des chauffeurs. Il sortait quelque chose de sa poche mais je ne distinguais pas quoi : un carnet ? Une photographie ? Lui demandait-il de le conduire à une adresse précise ? Ou bien lui montrait-il des photos de nous en espérant que ce chauffeur à tête de fouine nous eût repérés ?

Le chauffeur, en tout cas, hochait la tête et Villecourt lui glissait un pourboire. Puis, au feu rouge, il a traversé la chaussée. Il s'éloignait d'un pas nonchalant, sur la Promenade, du côté gauche, en direction du jardin Albert-Ier.

De la cabine, du boulevard Gambetta, j'ai téléphoné à l'hôtel Negresco.

— Pourrais-je parler à M. Villecourt ?

Au bout d'un instant, le concierge a répondu :

— Il n'y a pas de M. Villecourt à l'hôtel.

— Mais si... Je viens de le voir au bar... Il porte un complet gris sombre...

— Tout le monde porte un complet gris sombre, monsieur.

J'ai raccroché.

— Il n'est pas au Negresco, ai-je dit à Sylvia.

— Qu'il y soit ou qu'il n'y soit pas, cela n'a pas d'importance.

Avait-il donné des instructions au concierge ? Ou bien un autre nom que le sien ? C'était terrible de ne pas pouvoir le localiser, et de le sentir présent à chaque coin de rue.

Nous sommes allés dîner dans le café voisin du cinéma Le Forum. Nous avions décidé de nous comporter comme si Villecourt ne représentait aucune menace pour nous. Si, par hasard, nous le rencontrions et s'il voulait nous parler, nous ferions semblant de ne pas le connaître. Semblant ? Il suffisait de nous persuader que nous étions d'autres personnes que ce Jean et cette Sylvia qui avaient hanté, jadis, les bords de Marne. Nous n'avions plus rien de commun avec ces deux-là. Et Villecourt ne pourrait prouver le contraire. D'abord, Villecourt, ce n'était rien.

Après le dîner, nous cherchions un prétexte pour ne pas rentrer tout de suite dans notre chambre. Nous avons pris deux places de mezzanine au cinéma Le Forum.

Et avant que les lumières s'éteignent dans la salle tendue de vieux velours rouge et que le panneau des

publicités locales laisse place à l'écran, nous avons fait
signe à l'ouvreuse pour qu'elle vienne nous apporter deux
esquimaux.

Mais à la sortie du cinéma, je sentais la présence diffuse
de Villecourt. C'était comme l'odeur de moisissure de la
chambre, quelque chose dont nous ne nous débarrasse-
rions jamais. Cela nous collait à la peau. D'ailleurs, Sylvia
appelait quelquefois Villecourt « le Russe collant », car il
prétendait que son père était russe. Un mensonge de plus.

Nous remontions lentement le boulevard Gambetta, sur
le trottoir de gauche. En passant devant la cabine
téléphonique, j'ai eu envie d'appeler les Neal. Chez eux,
jusqu'à présent, personne ne répondait. Peut-être les
appelions-nous toujours à la mauvaise heure ou bien
avaient-ils quitté Nice. J'aurais été presque étonné qu'ils
répondent, tant ils demeuraient énigmatiques et flottants
dans mon souvenir... Existaient-ils vraiment? Ou bien
n'étaient-ils qu'un mirage causé par notre état d'extrême
solitude? Cela m'aurait réconforté pourtant, d'entendre
des voix amicales. Elles auraient rendu la présence de
Villecourt à Nice moins oppressante.

— A quoi penses-tu? m'a demandé Sylvia.

— Au « Russe collant ».

— On s'en fout, du Russe...

La pente douce de la rue Caffarelli. Pas une voiture. Pas
un bruit. Quelques villas, encore, parmi les immeubles,
l'une d'entre elles, d'allure florentine, entourée d'un grand
jardin. Mais sur la grille, un panneau au nom d'une
société immobilière annonçait sa prochaine démolition, au
profit d'un immeuble de luxe dont on pouvait déjà visiter
au fond du jardin un « appartement témoin ». Sur une

plaque de marbre effritée, j'ai lu : « Villa Bezobrazoff. »
Des Russes avaient habité là. J'ai désigné la plaque à
Sylvia :

— Tu crois qu'ils étaient des parents de Villecourt?

— Il faudrait le lui demander.

— M. Villecourt père venait peut-être prendre le thé
chez les Bezobrazoff quand il était jeune...

J'avais prononcé cette phrase du ton solennel d'un
chambellan. Sylvia a éclaté de rire.

Au rez-de-chaussée de la pension, il y avait encore de la
lumière dans le salon. Nous avons marché le plus
doucement possible pour ne pas faire crisser le gravier.
J'avais laissé les fenêtres de la chambre ouvertes et le
parfum des feuillages mouillés et du chèvrefeuille se mêlait
à l'odeur de moisissure. Mais peu à peu l'odeur était la
plus forte.

Le diamant brillait d'un reflet de lune sur sa peau.
Comme il était dur et froid en comparaison de cette peau
douce, comme il semblait indestructible, contre ce corps
gracile et émouvant... Plus que l'odeur de la chambre,
plus que Villecourt rôdant autour de nous, ce diamant qui
scintillait dans la demi-pénombre était brusquement à
mes yeux la marque éclatante d'un mauvais sort qui
pesait sur nous. J'ai voulu le lui ôter, mais je ne parvenais
pas à trouver la fermeture de la chaîne derrière son cou.

L'incident s'est produit deux jours plus tard, sous les arcades de la place Masséna.

Nous revenions à pied du jardin Albert-Ier quand nous sommes tombés sur Villecourt. Il sortait de la maison de la presse. Il portait le costume gris foncé que je lui avais vu au bar de l'hôtel. J'ai aussitôt détourné la tête et entraîné Sylvia en lui serrant le bras.

Mais il nous avait repérés au milieu des passants assez nombreux de ce samedi après-midi. Il se dirigeait vers nous en bousculant les quelques personnes qui nous séparaient de lui, les yeux démesurément agrandis, le regard fixe. Dans sa précipitation, il avait laissé tomber les journaux qu'il tenait serrés contre son coude.

Sylvia m'a contraint à ralentir le pas. Elle paraissait très calme.

— Tu as peur du Russe?

Elle s'efforçait de sourire. Nous nous engagions dans la rue de France. Il marchait à une dizaine de mètres de nous, car il avait été retardé par un groupe de touristes qui sortaient d'une pizzeria. Il nous a rattrapés.

— Jean... Sylvia...

Il nous interpellait d'un ton faussement amical, mais nous poursuivions notre marche, sans lui prêter attention. Il nous emboîtait le pas.

— Vous ne voulez pas me parler? C'est idiot...

Il m'a posé une main sur l'épaule et la pression de cette main est devenue très ferme. Alors, je me suis retourné vers lui. Sylvia aussi. Nous étions tous les deux immobiles, face à lui. Il a dû lire quelque chose dans mon regard qui l'a inquiété car il me considérait avec une sorte de crainte.

Je l'aurais volontiers écrasé comme un cafard si cela avait été possible et j'aurais éprouvé ensuite la sensation d'un nageur qui remonte à l'air libre.

— Alors... On ne me dit même pas bonjour?

Oui, si nous avions été seuls, je l'aurais certainement tué par un moyen ou un autre, mais dans cette partie piétonnière de la rue de France, un samedi, en plein après-midi, les passants qui étaient de plus en plus nombreux formeraient un attroupement autour de nous, au moindre incident.

— On ne reconnaît plus les vieux amis?

Sylvia et moi nous marchions d'un pas plus rapide. Mais il nous suivait toujours, il se collait à nous.

— Juste cinq minutes pour prendre un verre... et parler un peu...

Nous pressions le pas. Il nous rattrapait, nous devançait, tentait de nous bloquer le passage. Il sautillait devant nous comme un joueur de football qui cherche à intercepter une balle. Son sourire m'exaspérait.

J'ai voulu l'écarter d'un geste du bras un peu trop large et mon coude l'a heurté aux lèvres. Il saignait. J'avais l'impression qu'il s'était produit quelque chose d'irrémédiable. Déjà, les passants se retournaient sur Villecourt dont le menton dégoulinait de sang. Mais il souriait toujours.

— Vous ne m'échapperez pas comme ça...

Son ton était plus agressif. Il continuait à sauter sur un pied et sur l'autre devant nous.

— Nous avons quand même des problèmes à régler, non ? Ou alors, ce seront les autres qui les régleront pour nous...

Cette fois-ci, il était prêt à en venir aux mains. J'imaginais les passants, en cercle autour de nous, un cercle d'où nous ne pourrions plus nous échapper, quelqu'un avertissant la police et le panier à salade débouchant d'une rue transversale... Voilà sans doute ce que voulait provoquer Villecourt.

De nouveau, je l'ai bousculé. Maintenant, il marchait à nos côtés, du même pas rapide que le nôtre. Le sang s'égouttait au revers de son menton.

— Nous devons parler ensemble... J'ai beaucoup de choses intéressantes à vous dire...

Sylvia m'avait pris le bras et nous nous écartions de lui, mais aussitôt, comme un poulpe, il venait se coller à moi.

— Vous ne pouvez pas faire bande à part... J'existe, moi... Il faut tout régler entre nous... Sinon les autres vont s'en mêler...

Il me serrait le poignet d'une pression qu'il voulait rendre amicale. Pour me libérer, je lui donnai un coup violent de mon avant-bras dans les côtes. Il poussa un gémissement.

— Vous voulez que je fasse un scandale dans la rue ? Que je crie « aux voleurs » ?

Il avait un drôle de rictus qui lui tordait le nez.

— Vous me trouverez toujours sur votre chemin... A moins que nous puissions nous entendre... C'est le seul moyen d'empêcher les autres d'intervenir...

Nous nous sommes mis à courir. Grâce à l'effet de surprise, nous l'avons distancé d'une bonne longueur. Il a bousculé quelqu'un en nous poursuivant et deux hommes s'interposaient aussitôt et commençaient à le prendre à partie. Nous nous sommes engouffrés sous une porte cochère. Par une ruelle et la cour intérieure d'un immeuble, nous avons rejoint la Promenade des Anglais.

Boulevard Gambetta, dans la cabine téléphonique, j'ai composé, de nouveau, le numéro des Neal. Les sonneries se succédaient sans que personne ne réponde. Nous ne voulions pas rentrer à la pension, Sylvia et moi, et nous espérions que les Neal nous inviteraient chez eux. Là, nous serions hors d'atteinte de Villecourt.

Mais au bout d'un instant, sur le trottoir ensoleillé, parmi les groupes de promeneurs qui se dirigeaient vers la mer, cet incident nous a semblé dérisoire. Il n'y avait aucune raison de prendre des précautions. Nous aussi, nous pouvions profiter comme les autres de cette douce journée d'hiver. Villecourt, malgré tous ses efforts, ne parviendrait pas à s'immiscer dans notre nouvelle vie. Il était caduc.

— Mais pourquoi il sautait devant nous ? m'a demandé Sylvia. Il n'avait pas l'air dans son état normal...

— Non. Il n'avait pas l'air dans son état normal.

Cette manière de nous suivre, ces menaces proférées sans grande conviction, trahissaient une usure chez lui. Il n'avait plus beaucoup de réalité. Le sang même qui avait giclé de ses lèvres et lui avait inondé le menton ne paraissait pas être du sang véritable mais un artifice de cinéma. Et nous nous étions débarrassés de lui avec une facilité déconcertante.

Nous avons choisi un banc du jardin d'Alsace-Lorraine, au soleil. Des enfants glissaient sur le toboggan vert, d'autres jouaient dans le bac à sable, d'autres, à cheval sur les planches des balançoires, montaient, descendaient, montaient, d'un mouvement régulier de métronome qui finissait par nous engourdir. Si Villecourt passait par ici, il ne nous distinguerait pas de tous ces gens qui surveillaient leurs enfants. Et même s'il nous repérait parmi eux, quelle importance ? Nous n'étions plus dans le décor trouble des bords de Marne, où montent, de l'eau stagnante, des relents de vase. Le ciel était trop bleu, cet après-midi-là, les palmiers trop hauts, les façades des immeubles trop blanches et trop roses, pour qu'un fantôme comme Villecourt résiste à ces couleurs estivales. Il ne tiendrait pas le coup. Il se dissiperait dans l'air où flottait un parfum de mimosa.

Je passe quelquefois devant la villa où habitaient les Neal. Elle se trouve boulevard de Cimiez à droite, à une cinquantaine de mètres avant le carrefour que domine la façade de l'ancien hôtel Régina. Elle est l'une de ces rares habitations particulières qui demeurent dans le quartier. Mais sans doute ces vestiges disparaîtront-ils à leur tour. Rien n'arrête le progrès.

Je pensais à cela, l'autre matin, au retour d'une promenade que j'avais faite à Cimiez, jusqu'au jardin des Arènes. Je m'étais arrêté devant la villa. Depuis quelque temps, on dresse un immeuble dans la partie du jardin qui était à l'abandon. Je me demande s'ils vont finir par détruire la villa elle-même, ou bien la conserver, comme une dépendance de l'immeuble neuf. Peut-être a-t-elle quelque chance de subsister : elle n'est pas du tout vétuste et offre l'aspect d'un Petit Trianon, dans le goût des années 30, avec ses portes-fenêtres en arceaux.

On la distingue à peine, car elle surplombe le boulevard. Il faut se placer sur le trottoir d'en face, au coin de l'avenue Edouard-VII, pour bien la voir, au-dessus du grand mur à balustrade. Le bas du mur, en son milieu, a été percé d'une grille en fer forgé derrière laquelle un escalier de pierre, au flanc du talus, mène au perron de la villa.

La grille est ouverte en permanence pour donner accès au chantier. Sur le mur est fixé un panneau blanc où l'on peut lire le nom de la société immobilière, ceux de l'architecte et des entrepreneurs, et la date du permis de construire. L'immeuble portera le nom de la villa : « Château Azur. » Le propriétaire est la société S.E.F.I.C., à Nice, rue Tonduti-de-l'Escarène.

Un jour, je m'étais présenté à cette adresse pour savoir le nom de la personne à qui la société S.E.F.I.C. avait acheté le Château Azur, et l'on m'avait donné quelques détails que je connaissais déjà. La villa avait appartenu, entre autres, à l'ambassade américaine qui la louait à des particuliers. Je me rendais compte que ma démarche semblait tout à fait indiscrète — et même suspecte — à l'agent immobilier affable et blond qui m'avait reçu, et je n'avais pas insisté.

A quoi bon ? Bien avant que la société S.E.F.I.C. n'entre en possession du Château Azur et ne réalise son opération immobilière, j'avais tenté d'en savoir plus long. Mais comme dans ce bureau de la rue Tonduti-de-l'Escarène, mes questions étaient restées sans vraies réponses.

Voici bientôt sept ans, la villa avait encore son aspect habituel. Pas de chantier de construction, pas de panneau sur le grand mur à balustrade. La grille d'entrée était close. Garée le long du trottoir, l'automobile grise dont la plaque d'immatriculation portait les lettres CD. C'était cette même voiture dans laquelle les Neal nous avaient ramenés, Sylvia et moi, à la pension Sainte-Anne, le soir où nous avions fait leur connaissance. J'ai sonné à la grille de la villa. Un homme brun, d'une quarantaine d'années, en costume bleu marine, est apparu :

— Qu'est-ce que c'est ?

Il m'avait posé cette question brutalement, avec l'accent parisien.

— J'ai reconnu la voiture d'un de mes amis, lui ai-je dit en lui désignant l'automobile grise. Je voulais avoir de ses nouvelles.

— Qui ?

— M. Neal.

— Vous vous trompez, monsieur. C'est la voiture de M. Condé-Jones.

Il se tenait derrière la grille, et m'observait avec le plus d'attention possible pour bien évaluer le danger éventuel que je représentais.

— Vous êtes bien sûr, lui dis-je, que cette voiture appartient à ce monsieur ?

— Evidemment. Je suis son chauffeur.

— Pourtant mon ami habitait ici...

— Vous vous trompez, monsieur... Ici, c'est une maison qui appartient à l'ambassade américaine...

— Mais mon ami était américain...

— La maison est habitée par le consul américain, M. Condé-Jones...

— Depuis combien de temps ?

— Depuis six mois, monsieur.

Derrière la grille, il me considérait comme si je n'avais pas tout à fait mes esprits.

— Est-ce que je pourrais voir ce monsieur ?

— Vous avez rendez-vous?

— Non. Mais je suis citoyen américain et j'ai besoin de ses conseils.

La citoyenneté américaine que je m'étais attribuée lui inspirait brusquement confiance.

— Dans ce cas, vous pouvez voir M. Condé-Jones maintenant, si vous le désirez. C'est l'heure où il reçoit.

Il m'ouvrit la grille et s'effaça sur mon passage, avec tout le respect dû à ma citoyenneté américaine. Puis il me précéda dans l'escalier.

Au bord de la piscine vide, devant la maison, un homme était assis sur l'un des fauteuils de bois blanc et fumait, le visage légèrement rejeté en arrière, comme s'il voulait l'exposer aux faibles rayons du soleil.

Il ne nous entendait pas venir.

— Monsieur Condé-Jones...

L'homme baissa son regard sur nous et eut un sourire attentif.

— Monsieur Condé-Jones, ce monsieur voulait vous voir... Il est de citoyenneté américaine.

Alors, il se leva. Un homme de petite taille, corpulent, les cheveux noirs plaqués en arrière, une moustache, de gros yeux bleus.

— Que puis-je pour vous?

Il avait posé cette question en français, sans le moindre accent, d'une voix si douce qu'elle me jeta du baume au cœur. La formule qu'il avait employée n'exprimait pas une simple politesse mais une attention délicate envers autrui. C'est du moins ce que je crus sentir à l'intonation de sa voix. Et puis cela faisait si longtemps que personne ne m'avait demandé : « Que puis-je pour vous? »

— Je voulais juste un renseignement, bredouillai-je.

Le chauffeur s'était esquivé et j'éprouvais une sensation étrange à me retrouver au bord de cette piscine.

— Quel genre de renseignement ?

Il me regardait avec bienveillance.

— J'ai menti pour vous voir... J'ai dit que j'étais de nationalité américaine...

— Américain ou non, mon cher ami, aucune importance...

— Voilà, lui dis-je. Je voulais avoir des renseignements sur les gens qui ont habité cette villa avant vous.

— Avant moi ?

Il se détourna et appela très fort :

— Paul...

Et aussitôt le chauffeur apparut, comme s'il s'était dissimulé tout près de nous, derrière un arbre ou un mur.

— Pouvez-vous nous apporter à boire ?

— Tout de suite, Monsieur le Consul.

Condé-Jones me fit signe de m'asseoir sur l'un des fauteuils de bois blanc. Il prit place à côté de moi. Le chauffeur vint déposer à nos pieds un plateau avec deux verres remplis d'un liquide laiteux. Du pastis ? Condé-Jones en avala une grande gorgée.

— Je vous écoute... Dites-moi tout.

Il paraissait content d'être en compagnie de quelqu'un. Certainement, ce poste de consul à Nice lui laissait beaucoup de loisirs et il fallait les meubler.

— Je suis venu souvent ici, il y a quelque temps... J'étais reçu par un couple qui prétendait être les propriétaires de cette maison...

73

Je ne pouvais pas tout lui dire, bien sûr. J'avais décidé de lui cacher l'existence de Sylvia.

— Et comment s'appelaient ces gens ?

— Les Neal... Lui était américain et elle anglaise... Ils utilisaient votre voiture qui est garée en bas.

— Ce n'est pas ma voiture, m'a dit Condé-Jones après avoir vidé le verre de pastis d'un trait. Elle était déjà ici à mon arrivée...

Mais bientôt, la voiture n'était plus garée devant la villa. Chaque fois que je montais vers Cimiez, j'espérais qu'elle serait là, le long du trottoir. Non. J'ai sonné, un après-midi, pour en avoir le cœur net. Personne n'a répondu. J'en ai conclu que Condé-Jones était parti avec cette voiture grise du corps diplomatique et qu'aucun autre consul n'était venu le remplacer au Château Azur. Plus tard, le panneau de la société immobilière S.E.F.I.C. sur le mur à balustrade indiquait que la villa n'appartenait plus à l'ambassade américaine, et que, sans doute, d'ici peu, il n'y aurait plus de villa du tout.

La dernière fois que j'avais vu Condé-Jones, c'était à la fin d'un après-midi d'avril. Je lui avais laissé mon adresse et il avait eu l'amabilité de m'envoyer un mot pour m'inviter et m'annoncer qu'il gardait à ma disposition tous les renseignements au sujet de la villa Château Azur, susceptibles, écrivait-il, de m'intéresser.

Il se tenait à la même place que le jour de notre première entrevue : au bord de cette piscine vide, dont le fond était tapissé de feuilles mortes et de pommes de pin.

D'ailleurs, je le soupçonnais d'être resté là, immobile, depuis le début de sa « prise de fonctions » — comme il disait en se moquant un peu de lui-même. Car s'il pouvait se prévaloir d'un titre de « consul », ses « fonctions » à Nice étaient bien vagues. Il savait que ce poste était une voie de garage où on l'avait relégué en attendant le jour de sa retraite définitive.

Eh bien, ce jour était arrivé. Il allait retourner en Amérique après plus de vingt ans de loyaux services auprès de l'ambassade des Etats-Unis en France. Il avait voulu que je vienne aujourd'hui pour me communiquer les renseignements qui m'intéressaient, mais aussi — il employait souvent des expressions d'argot qu'il déformait légèrement — pour boire « un pot d'adieu ».

— Je pars demain, m'avait dit Condé-Jones. Je vais vous donner mon adresse en Floride et si vous avez l'occasion de faire un voyage là-bas, je serais ravi de vous accueillir.

Il éprouvait de la sympathie pour moi bien que nous ne nous soyons vus que trois ou quatre fois depuis le jour où j'avais sonné à la grille de la villa. Mais peut-être avais-je été la seule personne à rompre sa solitude diplomatique.

— Je regrette de quitter la côte d'Azur...

Il jetait un regard pensif sur la piscine vide et le jardin à l'abandon qui sentait l'eucalyptus.

Le chauffeur nous avait servi l'apéritif. Nous étions assis, côte à côte.

— J'ai tous les renseignements pour vous...

Il me tendait une grande enveloppe bleue.

— J'ai dû m'adresser à l'ambassade de Paris...

— Je vous remercie infiniment de toute cette peine.

— Mais non... J'ai trouvé cela très instructif... Vous lirez ce document avec beaucoup d'attention... Cela en vaut la peine...

J'avais posé l'enveloppe sur mes genoux. Il me lançait un sourire ironique.

— Vous m'aviez bien dit que votre ami s'appelle Neal ?

— Oui.

— Quel âge a-t-il ?

— Environ quarante ans.

— Alors c'est bien ce que je pense... Il s'agit d'une histoire de...

Il cherchait le mot. Il parlait un français impeccable, mais de temps en temps — sans doute une habitude de diplomate — il hésitait sur le terme le plus précis.

— Une histoire de revenants...

— De revenants ?

— Oui, oui. Vous verrez vous-même.

Par politesse, je ne voulais pas ouvrir l'enveloppe en sa présence. Il buvait, à petites gorgées, son pastis, en contemplant le jardin devant nous, baigné par les derniers rayons du soleil.

— Je vais m'ennuyer en Amérique... Je m'étais attaché à cette maison... Une maison tout à fait étrange si l'on en croit ce document... Pourtant, je n'ai entendu aucun bruit suspect pendant mon séjour... Je n'ai pas vu de fantômes, la nuit... Il faut vous avouer que je dors d'un sommeil de plomb...

Il me tapota amicalement l'avant-bras.

— Vous avez raison, cher ami, d'explorer les mystères de ces vieilles maisons de la côte d'Azur...

A l'intérieur de l'enveloppe, deux feuillets de la même couleur bleue que celle-ci portaient l'en-tête de l'ambassade américaine. Les renseignements recueillis et tapés à la machine en caractères orange étaient les suivants : le Château Azur, boulevard de Cimiez, avait appartenu dans les années 30 à un certain E. Virgil Neal, citoyen américain, propriétaire des produits de beauté et parfums Tokalon dont les bureaux étaient sis à Paris, 7, rue Auber et 183, rue de la Pompe ; à New York 27 West 20th Street. En 1940, au début de l'Occupation, Neal était rentré en Amérique, mais sa femme, elle, était demeurée en France. « Mme Virgil Neal, née Bodier, avait pu justifier de sa nationalité française pour prendre la direction de l'affaire de son mari et éviter la mise sous administration provisoire par les autorités allemandes de la société des produits de beauté et parfums Tokalon, après l'entrée en guerre des Etats-Unis. »

La situation s'était compliquée en septembre 1944 du fait que « Mme Virgil Neal avait entretenu pendant l'Occupation allemande, à Paris et sur la côte d'Azur, des relations très étroites avec un certain Léandri, Etienne, Paul, né le 16 mai 1916, dernier domicile connu, 53, avenue Foch, Paris XVIe, condamné par contumace le 21 juin 1948 pour intelligence avec l'ennemi à une peine de vingt ans de travaux forcés et de vingt ans d'interdiction de séjour, à la confiscation totale de tous ses biens et à la dégradation nationale ».

Il était indiqué, dans le rapport de l'ambassade, que la villa Château Azur avait été mise sous séquestre en septembre 1944 « suite à l'enquête faite par les autorités judiciaires françaises sur le nommé Léandri, Etienne, Paul, intime de Mme Virgil Neal... ». La villa avait été réquisitionnée par l'armée américaine. Puis un accord intervenait en juillet 1948, au terme duquel « M. Virgil Neal, directeur de Tokalon, Manufacturing Chemists and Perfumers, cédait à l'ambassade des Etats-Unis en France la propriété de sa villa Château Azur ».

Il était précisé que « M. et Mme Virgil Neal n'avaient pas eu d'enfants ». Condé-Jones avait souligné cette phrase à l'encre verte et écrit dans la marge : « De deux choses l'une. Ou bien vos amis sont des revenants, ou bien M. et Mme Virgil Neal possèdent un élixir d'éternelle jeunesse fabriqué dans leurs laboratoires de Tokalon, Manufacturing Chemists and Perfumers. Je compte sur vous pour me dévoiler la clé de l'énigme. Bien amicalement. »

Pourtant, je n'ai pas rêvé. Il s'appelait bien Virgil Neal. J'ai gardé la carte de visite qu'il m'avait donnée lors de notre première rencontre et sur laquelle il avait écrit le numéro de téléphone de la villa. Dans la cabine de l'avenue Gambetta, je sortais cette carte de visite de ma poche avant de composer le numéro. Il y était bien gravé — je l'ai encore vérifié ce soir — sans qu'aucune adresse ne fût mentionnée : M. et Mme Virgil Neal.

Les seules preuves de notre rencontre avec les Neal — mais s'appelaient-ils les Neal et peut-on croire, comme le suggère Condé-Jones, aux revenants ou à un élixir d'éternelle jeunesse ? —, les seuls vestiges qui me persuadent que je n'ai pas rêvé, ce sont la carte de visite et une photographie de nous quatre — Sylvia, moi et les Neal — prise sur la Promenade des Anglais par l'un de ces photographes ambulants qui guettent les touristes.

Je le croise encore, ce photographe, chaque fois que je passe devant l'ancien Palais de la Méditerranée, là où il se tient en faction. Il me salue mais il ne lève pas son appareil vers moi. Il doit sentir que je ne suis plus un touriste mais que, désormais, je fais partie du paysage au point de me confondre avec cette ville.

Le jour où il nous avait photographiés, ni Sylvia ni les Neal ne s'en étaient aperçus et il m'avait glissé son prospectus dans la main. J'étais allé chercher la photo trois jours plus tard dans un petit magasin de la rue de France sans même en parler à Sylvia. Je vais toujours chercher ce genre de photos, les traces qui demeurent plus tard d'un moment éphémère où l'on a été heureux, d'une promenade un après-midi de soleil... Non, il ne faut jamais négliger ces sentinelles, leurs appareils en bandoulière, prêtes à vous fixer dans un instantané, tous ces gardiens de la mémoire qui patrouillent dans les rues. Je sais de quoi je parle. Photographe, je l'ai été, moi aussi.

Je voudrais noter les détails de nos relations avec les Neal, comme si je rédigeais un rapport de police ou si je répondais à l'interrogatoire d'un inspecteur qui aurait été bien intentionné à mon égard et chez qui j'aurais senti une sollicitude paternelle pour m'aider à voir un peu plus clair.

J'ai dû joindre ce Virgil Neal au téléphone dans la semaine qui a suivi la réapparition de Villecourt. Il était « enchanté » — m'a-t-il dit — d'avoir de nos nouvelles. Lui et sa femme s'étaient absentés une dizaine de jours « pour un voyage d'affaires imprévu ». Mais ils seraient « ravis » de déjeuner avec nous, dès le lendemain, si cela était possible. Il m'a donné l'adresse du restaurant où nous nous retrouverions vers midi et demi.

Un restaurant italien, à la façade de crépi grenat, rue des Ponchettes, au pied de la colline du Château. Nous étions les premiers, Sylvia et moi. On nous a fait asseoir à la table de quatre personnes que M. Neal avait réservée. Pas d'autres clients que nous. Cristaux. Nappes blanches et glacées. Tableaux dans le goût de Guardi sur les murs. Fenêtres aux grilles en fer forgé. Cheminée monumentale, au fond de laquelle était sculpté un écusson à fleurs de lys. Des haut-parleurs invisibles diffusaient les refrains de chansons célèbres, joués par un orchestre symphonique.

Je crois que Sylvia éprouvait la même appréhension que moi. Nous ne savions rien de ces gens qui nous invitaient à déjeuner. Pourquoi Neal avait-il témoigné un tel empressement à nous revoir ? Fallait-il mettre cela au compte de la familiarité chaleureuse avec laquelle certains Américains, dès la première rencontre, vous appellent par votre prénom et vous montrent les photos de leurs enfants ?

Ils sont arrivés en s'excusant de leur retard. Neal était un homme différent de celui de l'autre soir. Il ne donnait plus cette impression de flottement. Il était rasé de frais et portait une veste de tweed de coupe très ample. Il parlait sans la moindre hésitation ni le moindre accent anglo-saxon et sa volubilité — si j'ai bonne mémoire — a été la première chose à éveiller mes soupçons. Elle me paraissait étrange, cette volubilité, pour un Américain. Dans certains mots d'argot, dans la manière de tourner certaines phrases, je discernais un mélange d'intonations parisiennes et d'accent méridional — mais un accent contenu, bridé, comme si Neal tâchait de le dissimuler depuis longtemps. Sa femme parlait beaucoup moins que lui et de cet air rêveur et un peu absent qui m'avait surpris la dernière fois. Ses intonations à elle non plus n'étaient pas celles d'une Anglaise. Je n'ai pu m'empêcher de leur dire :

— Vous parlez couramment le français. On croirait même que vous êtes français...

— J'ai été élevé dans des écoles de langue française, m'a-t-il dit. J'ai passé toute mon enfance à Monaco... Ma femme aussi... C'est là que nous nous sommes connus...

Elle a approuvé d'un hochement de tête.

— Et vous ? m'a-t-il demandé brusquement. Quel métier exerciez-vous à Paris ?

— J'étais photographe d'art.

— D'art ?

— Oui. Et je compte m'installer à Nice pour continuer mon métier.

Il semblait réfléchir en quoi consistait le métier de photographe d'art. Puis il a fini par me demander :

— Vous êtes mariés ?

— Oui... Nous sommes mariés, ai-je dit en regardant fixement Sylvia. Mais ce mensonge ne l'a pas fait broncher.

Je n'aime pas beaucoup qu'on me pose des questions. Et puis je voulais en savoir plus long sur eux. Et pour déjouer la méfiance de Neal, je me suis tourné vers sa femme :

— Alors, vous avez fait un beau voyage ?

Elle était embarrassée et hésitait à me répondre. Mais Neal, lui, très à l'aise, a dit :

— Oui... Un voyage d'affaires...

— Et quelles affaires ?

Il ne s'attendait pas à la manière abrupte dont j'avais formulé cette question.

— Oh... une affaire de parfums que j'essaie de mettre sur pied entre la France et les Etats-Unis... Je me suis mis d'accord avec un petit industriel de Grasse...

— Et vous vous en occupez depuis longtemps ?

— Non... Non... Juste à mes moments de loisir.

Il avait prononcé cette phrase sur un ton un peu hautain, comme pour me laisser entendre que lui, il n'avait pas besoin de gagner sa vie.

— Nous allons même créer quelques produits de beauté... Ça amuse beaucoup Barbara...

La femme de Neal avait retrouvé son sourire.

— Oui... Je m'intéresse à tout ce qui concerne les

produits de beauté, a-t-elle dit de son air rêveur. Je laisserai Virgil s'occuper des parfums... Moi, je voudrais monter un institut de beauté, ici, sur la côte d'Azur...

— Nous hésitons sur l'endroit, a dit Neal. Je préférerais de loin Monaco... Je ne pense pas que ce genre d'institut marcherait à Nice...

Quand je me rappelle ces quelques propos, je suis troublé et je regrette de n'avoir pas eu à ma disposition la fiche de renseignements que Condé-Jones me communiquerait plus tard. Quelle tête aurait faite Neal si je lui avais dit d'une voix très suave :

— En somme, vous voulez relancer la firme Tokalon?

Et rapprochant mon visage du sien :

— Vous êtes le même M. Virgil Neal que celui d'avant-guerre?

Sylvia avait la manie de porter à sa bouche le diamant et de le garder entre ses lèvres, comme si elle suçait un berlingot. Neal était assis en face d'elle, et ce geste ne lui avait pas échappé.

— Faites attention... Il va fondre...

Mais il ne plaisantait pas seulement. A l'instant où Sylvia desserrait la pression de ses lèvres et où le diamant retombait sur son jersey noir, je remarquai l'œil attentif avec lequel Neal fixait la pierre.

— Vous avez un beau bijou, a-t-il dit en souriant. N'est-ce pas, Barbara?

Elle avait tourné la tête et observait à son tour le diamant.

— C'est un vrai? a-t-elle demandé d'une voix enfantine.

Le regard de Sylvia a croisé le mien.

— Oui, malheureusement c'est un vrai, ai-je dit.

Neal a paru surpris de cette réponse.

— Vous êtes sûr? Il est d'une taille impressionnante.

— C'est un bijou de famille que ma belle-mère a donné à ma femme, ai-je dit. Et cela nous embarrasse plutôt.

— Vous l'avez fait expertiser? a demandé Neal sur un ton de curiosité polie.

— Oh oui... Nous avons tout un dossier concernant ce diamant. Il s'appelle la Croix du Sud...

— Vous ne devriez pas le porter sur vous, a dit Neal. Si c'est un vrai...

Apparemment, il ne me croyait pas. Qui m'aurait cru, d'ailleurs? On ne porte pas un diamant de cette taille et de cette eau d'une manière aussi désinvolte. On ne le tient pas entre ses lèvres, avant de le laisser tomber sur son jersey noir. On ne le suce pas.

— Ma femme porte ce diamant sur elle parce qu'il n'y a pas d'autres solutions.

Neal fronçait les sourcils.

— Qu'est-ce qu'il faudrait faire? Louer un coffre dans une banque? ai-je dit.

— Quand on voit ce diamant sur moi, a dit Sylvia, tout le monde croit que c'est du Burma...

— Du Burma?

Neal ne comprenait pas cette expression d'argot.

— Nous aimerions bien le vendre, ai-je dit. Seulement, c'est très difficile de trouver un acheteur pour une pierre comme celle-là...

85

Il était pensif et ne quittait pas le diamant du regard.

— Je peux vous trouver un acheteur. Mais d'abord, il faudrait le faire expertiser.

J'ai haussé les épaules.

— Je serais ravi que vous me trouviez un acheteur, mais je crains que cela ne soit difficile pour vous...

— Je peux vous trouver un acheteur... Mais il faudra me montrer le dossier, a dit Neal.

— J'ai l'impression que vous croyez toujours que c'est du Burma, a dit Sylvia.

Nous sommes sortis du restaurant. La voiture était garée quai des Etats-Unis, le long duquel des vieillards, serrés sur les bancs, prenaient frileusement le soleil. J'ai reconnu la plaque du corps diplomatique. Neal a ouvert la portière.

— Venez boire le café chez nous, a-t-il dit.

J'avais envie de les planter là. Tout à coup. Je me demandais quelle aide ils pouvaient bien nous apporter. Mais il fallait être consciencieux et ne pas rompre avec eux sur un simple mouvement d'humeur. Ils étaient les deux seules personnes que nous connaissions à Nice.

Comme la première fois, nous étions assis, Sylvia et moi, à l'arrière. Boulevard de Cimiez, Neal conduisait lentement et les automobilistes klaxonnaient pour qu'il leur laissât le passage.

— Ils sont fous, a dit Neal. Ils veulent toujours aller plus vite.

L'un des conducteurs qui le doublait lui avait lancé un flot d'injures.

— C'est ma plaque du corps diplomatique qui les énerve. Et puis je suppose qu'ils doivent se dépêcher pour être à l'heure au bureau...

Il s'était retourné vers moi :

— Et vous ? Est-ce que vous avez déjà travaillé dans un bureau ?

La voiture s'est arrêtée à la hauteur du mur à balustrade. Neal a levé le bras.

— La maison est là-haut. Comme ça, nous dominons la situation... Vous verrez... C'est une très belle maison...

J'ai remarqué, au-dessus de la grille, la plaque de marbre où il était inscrit : « Château Azur. »

— C'est mon père qui a trouvé ce nom, a dit Neal. Il a fait construire la maison avant la guerre...

Son père ? Cela me rassurait plutôt.

Nous avons gravi l'escalier après que Neal eut refermé la grille d'un tour de clé et nous avons débouché dans le jardin qui surplombait le boulevard de Cimiez. Cette villa, avec ses allures de Trianon, m'a paru luxueuse.

— Barbara, s'il te plaît, un peu de café...

J'étais étonné de l'absence d'un maître d'hôtel dans ce décor. Mais cela ne correspondait peut-être pas à la simplicité des habitudes américaines. Les Neal, bien que très riches, étaient sans doute un peu bohèmes et Mme Neal préparait le café elle-même. Oui, des bohèmes. Mais riches. Du moins voulais-je m'en persuader.

Nous nous sommes assis sur les sièges de bois blanc que je retrouverais à la même place, un an plus tard, quand

Condé-Jones me recevrait. Mais la piscine, devant nous, n'était pas vide.

A la surface de l'eau glauque, flottaient des branchages et des feuilles mortes. Neal avait ramassé une pierre et la lançait de manière qu'elle ricoche sur l'eau.

— Il faudrait que je vide la piscine et que j'arrange le jardin, a-t-il dit.

Il était à l'abandon. Des broussailles barraient les allées de gravier, envahies par la mauvaise herbe. Au bord de la pelouse, qui n'était plus qu'une savane, se dressait une vasque fendue en son milieu.

— Si mon père voyait ça, il ne comprendrait pas. Mais je n'ai pas le temps de m'occuper du jardin...

Il y avait un accent de sincérité et de tristesse dans sa voix.

— C'était tout à fait différent du temps de mon père. Nice aussi était une ville différente... Savez-vous que les agents de police, dans les rues, portaient des casques coloniaux?

Sa femme déposa le plateau sur le sol dallé. Elle avait changé sa robe pour un blue-jean. Elle versa le café dans les tasses, qu'elle nous tendit, à chacun, d'un mouvement gracieux du bras.

— Votre père habite toujours ici? demandai-je à Neal.

— Mon père est mort.

— Je suis désolé...

Pour effacer ma gêne, il me souriait.

— Je devrais vendre cette maison... Mais je ne m'y résous pas... Elle est pleine de souvenirs d'enfance... Surtout le jardin...

Sylvia s'était dirigée d'un pas nonchalant vers la maison et collait son front à l'une des grandes portes-fenêtres. Neal l'observait, les traits du visage un peu crispés, comme s'il craignait qu'elle ne découvrît quelque chose de suspect.

— Je vous ferai visiter la maison quand le ménage sera fait...

Il parlait d'une voix forte et impérieuse. Peut-être voulait-il l'empêcher de pousser la porte-fenêtre entrebâillée et d'entrer.

Il marchait vers elle. Il l'entraîna d'une pression de son bras sur l'épaule, et ils nous rejoignirent au bord de la piscine. On aurait dit qu'il ramenait une enfant qui s'était égarée loin du tas de sable en profitant de la distraction de ses parents.

— Il faudrait retaper complètement cette maison... Je n'ose pas vous la faire visiter tout de suite...

Il paraissait soulagé de voir Sylvia à distance des portes-fenêtres.

— Nous habitons très peu ici ma femme et moi... Un ou deux mois par an, au maximum...

J'avais envie de me diriger, à mon tour, vers la maison pour voir quelle serait l'attitude de Neal. Me barrerait-il le passage ? Alors, je me pencherais vers lui et chuchoterais à son oreille :

— Vous avez l'air de cacher quelque chose dans cette maison... Un cadavre ?

— Mon père est mort il y a vingt ans, a dit Neal. Tant qu'il était là, tout allait bien... La maison et le jardin étaient impeccablement entretenus... Le jardinier était un homme extraordinaire...

Il haussait les épaules en me désignant les broussailles et les allées envahies par la mauvaise herbe.

— A partir de maintenant, Barbara et moi, nous allons séjourner plus longtemps à Nice... Surtout si nous montons cet institut de beauté... Et je remettrai tout en état...

— Mais vous habitez où, la plupart du temps ? a demandé Sylvia.

— A Londres et à New York, a répondu Neal. Ma femme a une très jolie petite maison à Londres dans le quartier de Kensington.

Elle fumait, et semblait ne pas prêter attention à ce que disait son mari.

Nous étions assis, tous les quatre, sur les fauteuils de bois blanc qui formaient un demi-cercle au bord de la piscine, nos tasses de café, à chacun, sur le bras gauche de nos fauteuils. Cette symétrie me causa un vague malaise lorsque je remarquai qu'elle n'était pas seulement due à nos tasses de café. Le blue-jean délavé de Barbara Neal était identique de forme et de couleur à celui de Sylvia. Et comme elles se tenaient l'une et l'autre dans la même attitude indolente, je constatai qu'elles avaient la même taille fine qui faisait ressortir la courbe des hanches, si bien que j'aurais été incapable, à la vue de leurs hanches et de leurs tailles, de les différencier l'une de l'autre. Je bus une gorgée de café. Neal avait porté la tasse à ses lèvres, au même instant que moi, et nous avions eu un geste synchronisé pour reposer les tasses sur le bras de nos fauteuils.

Il a été encore une fois question de la Croix du Sud cet après-midi-là. Neal a demandé à Sylvia :

— Alors vous désirez vraiment vendre votre diamant ?

Il s'est penché vers elle et il a saisi la pierre entre pouce et index pour l'examiner. Puis il l'a reposée avec délicatesse sur le jersey noir de Sylvia. J'ai mis cela au compte de la manière d'être désinvolte de certains Américains. Sylvia n'avait pas bougé d'un millimètre et regardait ailleurs, comme si elle voulait ignorer le geste de Neal.

— Oui, nous aimerions le vendre, ai-je dit.

— Si c'est une pierre authentique, il n'y a pas de problème.

Il prenait visiblement la chose au sérieux.

— Vous n'avez aucun souci à vous faire, lui ai-je dit d'un ton condescendant. C'est un diamant authentique. C'est bien ce qui nous préoccupe d'ailleurs... Nous ne voulons pas garder une pierre de cette importance...

— Ma mère me l'a donnée pour mon mariage en me conseillant de la vendre, a dit Sylvia. Elle pensait que les diamants portent malheur... Elle avait elle-même essayé de le vendre mais elle ne trouvait pas de clients convenables...

— Vous en voulez combien ? a demandé Neal.

Il a paru regretter cette question brutale. Il s'est efforcé de sourire :

— Excusez-moi... Je suis indiscret... A cause de mon père... Très jeune, il a été associé avec un grand diamantaire américain. Il m'a communiqué son goût pour les pierres précieuses...

— Nous en voulons à peu près un million cinq cent

mille francs, ai-je dit d'une voix sèche. C'est un prix tout à fait raisonnable pour ce diamant. Il vaut le double.

— Nous comptions le mettre en dépôt chez Van Cleef à Monte-Carlo pour qu'il nous trouve un client, a dit Sylvia.

— Chez Van Cleef? a répété Neal.

Ce nom à l'éclat massif et tranchant le laissait songeur.

— Je ne peux pas toujours le porter au cou comme une laisse, a dit Sylvia.

Barbara Neal a eu un petit rire acide.

— Mais oui... vous avez raison, a-t-elle dit. On risque de vous l'arracher dans la rue.

Et je me demandais si elle était sérieuse ou si elle se moquait de nous.

— Je pourrais vous trouver des clients, a dit Neal. Barbara et moi, nous connaissons des Américains qui seraient susceptibles de vous acheter ce diamant. N'est-ce pas, chérie?

Il a cité quelques noms. Elle a approuvé d'un hochement de tête.

— Et vous croyez qu'ils paieront le prix que je vous ai indiqué? ai-je dit d'une voix très douce.

— Certainement.

— Vous voulez boire quelque chose? a demandé Barbara Neal.

J'ai jeté un regard à Sylvia. J'avais envie de partir. Mais elle semblait à l'aise dans ce jardin ensoleillé, la nuque contre le dos du fauteuil, les yeux clos.

Barbara Neal se dirigeait vers la maison. Neal m'a désigné Sylvia et m'a dit à voix basse :

— Vous croyez qu'elle dort?

— Oui.

Il s'est penché vers moi. Et d'une voix encore plus basse :

— Pour le diamant... Je crois que je vais vous l'acheter moi-même si vous me prouvez qu'il est bien authentique...

— Il l'est.

— Je voudrais l'offrir à Barbara pour nos dix ans de mariage.

Il lisait quelque méfiance dans mon regard.

— Rassurez-vous... Je suis parfaitement solvable...

Il m'a serré le bras très fort pour me faire comprendre qu'il fallait que je l'écoute, de toutes mes oreilles :

— Je n'ai aucun mérite à cela : je ne me suis donné que la peine de naître et d'hériter beaucoup, beaucoup d'argent de mon père... C'est injuste, mais c'est comme ça... Vous avez confiance, maintenant ? Vous me prenez pour un client sérieux ?

Il a éclaté de rire. Peut-être voulait-il que j'oublie le ton agressif avec lequel il m'avait tenu ces propos.

— Il ne doit y avoir aucune gêne entre nous... Je peux vous verser un acompte...

Neal a proposé de nous raccompagner en voiture mais je lui ai dit que nous préférions rentrer à pied. Sur le trottoir du boulevard de Cimiez, j'ai levé la tête : là-haut, ils étaient tous les deux appuyés à la balustrade du jardin et nous regardaient. Neal m'a fait un signe du bras. Nous étions convenus de nous téléphoner le lendemain et de nous fixer un rendez-vous. Au bout de quelques pas, je me suis retourné encore une fois. Ils se tenaient toujours immobiles, accoudés à la balustrade.

— Il veut acheter le diamant pour en faire cadeau à sa femme, ai-je dit à Sylvia.

Elle ne paraissait pas surprise de cela.

— Pour quel prix ?

. — Celui que j'ai indiqué. A ton avis, ils ont vraiment de l'argent ?

Nous descendions lentement le boulevard de Cimiez sous un soleil radieux. J'avais ôté mon manteau. Je savais que nous étions en hiver et que la nuit allait bientôt tomber mais à cet instant-là, je me serais cru en juillet. Cette confusion des saisons, les rares voitures qui passaient, ce soleil, les ombres si nettes sur le trottoir et sur les murs...

J'ai serré le poignet de Sylvia :

— Tu n'as pas l'impression que nous sommes dans un rêve ?

Elle me souriait mais son regard était inquiet.

— Et tu crois qu'on finira par se réveiller ? m'a-t-elle demandé.

Nous avons marché en silence jusqu'au tournant du boulevard que surplombe la façade courbe de l'ancien hôtel Majestic, et par l'avenue Dubouchage nous avons rejoint le centre de la ville. J'étais soulagé de me retrouver sous les arcades de la place Masséna, dans le vacarme de la circulation et la foule des badauds et de ceux qui revenaient de leur travail et attendaient les bus. Toute cette agitation me donnait le sentiment illusoire de sortir du rêve où nous étions prisonniers.

Un rêve ? Plutôt la sensation que les journées s'écoulaient à notre insu, sans la moindre aspérité qui nous aurait permis d'avoir une prise sur elles. Nous avancions, portés par un tapis roulant et les rues défilaient et nous ne savions plus si le tapis roulant nous entraînait ou bien si nous étions immobiles tandis que le paysage, autour de nous, glissait par cet artifice de cinéma que l'on appelle : transparence.

Quelquefois, le voile se déchirait, jamais le jour, mais la nuit, à cause de l'air plus vif et des lumières scintillantes. Nous marchions le long de la Promenade des Anglais, nous retrouvions le contact de la terre ferme. L'hébétude qui nous avait saisis depuis notre arrivée dans cette ville se dissipait. Nous nous sentions encore maîtres de notre sort. Nous pouvions faire des projets. Nous tenterions de franchir la frontière italienne. Les Neal nous y aideraient. Ce serait à bord de leur voiture immatriculée CD que nous passerions de France en Italie, sans subir de contrôles et sans attirer l'attention. Et nous descendrions vers le sud jusqu'à Rome, notre but, la seule ville où j'imaginais que nous puissions nous fixer pour le reste de notre vie, Rome qui convenait si bien à des natures aussi indolentes que les nôtres.

Le jour, tout se dérobait. Nice, son ciel bleu, ses immeubles clairs aux allures de gigantesques pâtisseries ou de paquebots, ses rues désertes et ensoleillées du dimanche, nos ombres sur le trottoir, les palmiers et la Promenade des Anglais, tout ce décor glissait, en transparence. Les après-midi interminables où la pluie tambouri-

95

nait contre le toit de zinc, nous restions dans l'odeur d'humidité et de moisissure de la chambre avec l'impression d'être abandonnés. Plus tard, je me suis fait à cette idée et je me sens à l'aise aujourd'hui dans cette ville de fantômes où le temps s'est arrêté. J'accepte, comme ceux qui défilent en procession lente le long de la Promenade, qu'un ressort se soit cassé en moi. Je suis délivré des lois de la pesanteur. Oui, je flotte avec les autres habitants de Nice. Mais à l'époque de la pension Sainte-Anne, cet état était nouveau pour nous et contre la torpeur qui nous gagnait, nous nous révoltions encore, par soubresauts. La seule chose dure et consistante de notre vie, le seul point de repère inaltérable, c'était ce diamant. Nous a-t-il porté malheur ?

Nous avons revu les Neal. Je me souviens d'un rendez-vous avec eux au bar de l'hôtel Negresco, vers trois heures de l'après-midi. Nous les attendions, assis en face de la baie vitrée. Elle découpait un morceau de ciel dont le bleu était encore plus limpide et plus inaccessible dans cette demi-pénombre qui nous recouvrait.

— Et si Villecourt arrive?

Je l'avais toujours appelé par son nom de famille.

— Nous ferons semblant de ne pas le connaître, a dit Sylvia. Ou alors, nous le laisserons avec les Neal et nous disparaîtrons définitivement.

Ce mot : disparaître, dans la bouche de Sylvia, me glace le cœur aujourd'hui. Mais j'avais ri, cet après-midi-là, à la pensée des Neal et de Villecourt, assis à la même table, sans savoir très bien quoi se dire et s'inquiétant peu à peu de notre absence prolongée.

Eh bien non, Villecourt n'était pas arrivé.

Et nous avions fait avec les Neal quelques pas le long de la Promenade des Anglais. C'était ce jour-là que le photographe, en faction devant le Palais de la Méditerranée, avait levé son appareil vers nous et m'avait glissé

97

dans la main la carte du magasin où je pouvais venir chercher les photos d'ici trois jours.

La voiture du corps diplomatique était garée devant le manège du jardin Albert-Ier. Neal nous a dit qu'il allait « faire un saut » à Monaco avec sa femme, pour « régler des affaires ». Il portait un chandail à col roulé et sa vieille veste de daim du premier soir ; Barbara Neal, elle, un blue-jean et une veste de zibeline.

Neal m'a entraîné à l'écart. Nous étions devant le manège qui tournait lentement. Il n'y avait qu'un seul enfant assis dans l'un des traîneaux rouges que tiraient des chevaux de bois blancs pour l'éternité.

— Ça me rappelle un souvenir d'enfance, m'a dit Neal. Je devais avoir dix ans... oui... en 1950... 1951... Je me promenais avec mon père et un ami de mon père... Et j'ai voulu monter sur ce manège. L'ami de mon père est monté avec moi... Vous savez qui était cet ami de mon père ? Errol Flynn... Ça vous dit quelque chose, Flynn ?

Il m'a entouré l'épaule, d'un geste protecteur.

— Je voulais vous parler du diamant... C'est bientôt l'anniversaire de Barbara... Je vais vous verser un acompte le plus vite possible... Un chèque sur ma banque à Monaco... Une banque anglaise... Ça vous va ?

— Comme vous voulez.

— Je ferai monter ce diamant en bague... Barbara sera ravie.

Nous avons rejoint Sylvia et Barbara. Les Neal nous ont embrassés avant de monter en voiture. Ils formaient un très beau couple — m'a-t-il semblé, ce jour-là. Et puis l'air est quelquefois si doux sur la côte d'Azur en hiver, le ciel et la mer si bleus, si légère la vie par un après-midi de

98

soleil le long de la route en corniche de Villefranche, que tout vous semble possible : les chèques des banques anglaises de Monaco qu'on vous fourre dans les poches et Errol Flynn tournant sur le manège du jardin Albert-Ier.

— Ce soir, nous vous emmenons dîner à Coco-Beach!
La voix de Neal était claironnante au téléphone. Il
n'avait plus aucun accent américain, même quand il a
prononcé Coco-Beach.
— Nous viendrons vous chercher à votre hôtel à partir
de huit heures.
— Et si nous nous donnions rendez-vous quelque part
à l'extérieur? ai-je proposé.
— Non, non... C'est beaucoup plus simple de passer à
votre hôtel... Nous risquons d'être un peu en retard... A
partir de huit heures à votre hôtel... Nous klaxonnerons.,.
Il était inutile de le contredire. Tant pis. Je lui ai
répondu que j'étais d'accord. J'ai raccroché et je suis sorti
de la cabine téléphonique du boulevard Gambetta.
Nous avons laissé la fenêtre de notre chambre ouverte
pour entendre le klaxon. Nous étions tous les deux
allongés car le seul meuble où l'on pouvait se tenir dans
cette chambre, c'était le lit.
Il avait commencé à pleuvoir quelques instants avant la
tombée du jour, une pluie fine qui ne tambourinait pas
contre le toit de zinc, une sorte de crachin qui nous

donnait l'illusion d'être dans une chambre du Touquet ou de Cabourg.

— C'est où, Coco-Beach ? a demandé Sylvia.

Du côté d'Antibes ? Du cap Ferrat ? Ou même plus loin ? Coco-Beach... Cela avait des résonances et des parfums de Polynésie qui s'associaient plutôt dans mon esprit aux plages de Saint-Tropez : Tahiti, Morea...

— Tu crois que c'est loin de Nice ?

J'avais peur d'un long trajet en automobile. Je m'étais toujours méfié de ces virées tardives dans les restaurants et les boîtes de nuit au terme desquelles vous devez attendre le bon vouloir d'un des convives pour qu'il vous ramène en voiture chez vous. Il est ivre et l'on se trouve à sa merci pendant tout le trajet.

— Et si on leur posait un lapin ? ai-je dit à Sylvia.

Nous éteindrions la lumière de la chambre. Ils pousseraient la grille de la pension Sainte-Anne et traverseraient le jardin. La propriétaire ouvrirait la porte-fenêtre du salon. Leurs voix sur la véranda. Quelqu'un frapperait à notre porte des coups répétés. On nous appellerait. « Vous êtes là ? » Silence. Et puis ce serait le soulagement d'entendre les pas décroître et la grille du jardin se refermer. Enfin seuls. Rien n'égale cette volupté.

Trois coups de klaxon aussi sourds qu'une corne de brume. Je me suis penché à la fenêtre et j'ai vu la silhouette de Neal qui attendait derrière la grille.

Dans l'escalier, j'ai dit à Sylvia :

— Si Coco-Beach est trop loin, on leur demande de rester dans le quartier. On leur dit qu'on doit revenir tôt parce qu'on attend un coup de téléphone.

— Ou alors, on leur fausse compagnie, a dit Sylvia.

Il ne pleuvait plus. Neal nous a fait un grand signe du bras.

— J'avais peur que vous n'entendiez pas le klaxon.

Il portait un chandail à col roulé et sa vieille veste de daim.

La voiture était garée au coin de l'avenue Shakespeare. Une voiture noire, spacieuse, dont je n'aurais su dire la marque. Allemande peut-être. Pas de plaque du corps diplomatique mais un numéro d'immatriculation de Paris.

— J'ai dû changer de voiture, a dit Neal. L'autre ne marche plus.

Il nous ouvrit l'une des portières. Barbara Neal attendait à l'avant dans sa veste de zibeline. Neal s'assit au volant.

— Et en avant pour Coco-Beach! a-t-il dit en effectuant un brutal demi-tour.

Il descendait la rue Caffarelli beaucoup trop vite à mon gré.

— C'est loin, Coco-Beach? ai-je demandé.

— Pas du tout, a dit Neal. Juste après le port. C'est le restaurant préféré de Barbara.

Elle s'était retournée vers nous. Elle nous souriait. Elle sentait son odeur de pin.

— Je suis sûre que cet endroit vous plaira, a-t-elle dit.

Nous avons contourné le port. Et puis nous sommes passés devant le parc Vigier et le Club Nautique. Neal a engagé la voiture dans une avenue sinueuse qui longeait la mer. Il s'est arrêté à la hauteur d'un ponton qu'éclairait une enseigne lumineuse.

— Coco-Beach! Tout le monde descend!

Il y avait une gaieté forcée dans sa voix. Pourquoi, ce soir, voulait-il jouer un rôle de boute-en-train?

Nous avons traversé le ponton. Neal tenait familièrement sa femme et Sylvia par les épaules. Un vent assez fort soufflait et il a dit :

— Attention de ne pas basculer par-dessus bord!

Nous avons descendu un escalier étroit dont la rampe était une grosse corde blanche tressée et par une coursive nous avons débouché dans la salle de restaurant. Un maître d'hôtel en costume blanc et casquette de marin de plaisance s'est présenté :

— A quel nom avez-vous réservé, monsieur?

— Capitaine Neal!

Une grande baie vitrée entourait la salle qui dominait la mer d'une dizaine de mètres. Le marin de plaisance nous a conduits jusqu'à l'une des tables proches de la baie vitrée. Neal a voulu que nous nous asseyions, Sylvia et moi, du côté de la table d'où nous pouvions avoir une vue panoramique de Nice. Quelques rares clients parlaient à voix basse.

— Le restaurant marche surtout en été, a dit Neal. Ils enlèvent le toit et cela fait une terrasse en plein air. Figurez-vous que c'est l'ancien jardinier de mon père qui a créé ce restaurant il y a une vingtaine d'années...

— Et il est toujours le patron? lui ai-je demandé.

— Non. Malheureusement. Il est mort.

Cette réponse m'a déçu. Mon moral n'était pas bon ce soir-là, et j'aurais aimé rencontrer l'ancien jardinier du

103

père de Neal. Ainsi aurais-je eu l'assurance que Neal appartenait bien à une très riche et très honorable famille américaine.

Les garçons du restaurant étaient vêtus, à l'exemple du maître d'hôtel, d'un blazer blanc à boutons dorés et d'un pantalon blanc mais ils étaient tête nue. Au-dessus de la porte d'entrée, une bouée blanche portait cette inscription en caractères bleus : Coco-Beach.

— Belle vue, non ? a dit Neal en se retournant d'un mouvement vif du torse.

Toute la baie des Anges s'ouvrait devant Sylvia et moi avec ses trous d'ombre et ses lumières plus vives, par endroits. Des projecteurs éclairaient les rochers et la pièce montée du monument aux morts au pied de la colline du Château. Là-bas, le jardin Albert-Ier était illuminé ainsi que la façade blanche et le dôme rose du Negresco.

— On se croirait sur un bateau, a dit Barbara.

Oui. Les hommes d'équipage, vêtus de blanc, marchaient silencieusement entre les tables et je m'aperçus qu'ils étaient chaussés d'espadrilles.

— Vous n'avez pas le mal de mer, au moins ? a demandé Neal.

Cette question m'a causé une légère angoisse. Ou bien étaient-ce les gouttes de pluie sur les baies vitrées et le vent qui faisait claquer le drapeau blanc à l'enseigne de Coco-Beach, fixé sur un ponton, à l'avant du restaurant, comme à la proue d'un yacht ?

L'un des garçons en tenue blanche nous présenta à chacun un menu.

— Je vous conseille la bourride, a dit Neal. Ou bien,

si vous aimez ça, ils préparent l'aïoli comme je n'en ai mangé nulle part ailleurs.

Les Américains sont quelquefois gastronomes, et avec tout leur sérieux et leur bonne volonté ils deviennent des connaisseurs avertis de la cuisine et des vins français. Mais le ton de Neal, la mimique de son visage, le geste brutal du pouce, et cette façon qu'il avait eue de vanter la bourride et l'aïoli, m'évoquaient des lieux précis. Brusquement, j'avais senti flotter, chez Neal, des relents de la Canebière et de Pigalle.

Pendant tout le repas, nous échangions des regards, Sylvia et moi. Je crois que nous pensions à la même chose : il aurait été si facile de les planter là... Pourtant, la perspective de rejoindre le port m'a retenu. A partir du port, nous pouvions nous perdre dans les rues de Nice, mais jusque-là, il fallait marcher le long d'une avenue déserte et ils nous rattraperaient facilement avec leur voiture. Ils s'arrêteraient et nous demanderaient des explications. Leur répondre, s'excuser, ou bien les envoyer au diable... Tout cela ne servait à rien puisqu'ils connaissaient notre adresse. Dans mon esprit, ils étaient aussi collants que Villecourt. Non, il valait mieux mener les choses en douceur...

Mon malaise s'est aggravé au dessert, lorsque Neal s'est penché vers Sylvia, a effleuré le diamant de son index, et lui a dit :

— Alors, vous portez toujours votre caillou ?

— Vous avez appris à parler l'argot dans les collèges de Monaco ? lui ai-je demandé.

Ses yeux se sont plissés. Il y avait de la dureté dans son regard.

— Je demandais seulement à votre femme si elle portait toujours son caillou...

Lui, si aimable, était soudain agressif. Peut-être avait-il trop bu, pendant le dîner. Barbara paraissait gênée et a allumé une cigarette.

— Ma femme porte un caillou, lui ai-je dit, mais ce caillou est au-dessus de vos moyens.

— Vous croyez ?

— J'en suis sûr.

— Et qui vous fait croire cela ?

— Une intuition.

Il est parti d'un grand éclat de rire. Son regard s'était adouci. Il me considérait maintenant avec une expression amusée.

— Vous êtes fâché contre moi ? Mais je voulais juste faire une blague... une mauvaise blague... Je suis désolé...

— Moi aussi, je blaguais, lui ai-je dit.

Il y a eu un instant de silence.

— Alors, si vous blaguiez, a dit Barbara, tout est pour le mieux.

Il a tenu à ce que nous buvions je ne sais plus quel alcool de prune ou de poire. Je portais le verre à mes lèvres et je faisais semblant d'avaler une gorgée. Sylvia, elle, a bu d'un seul trait. Elle ne disait plus rien. Elle frottait nerveusement entre ses doigts son « caillou »...

— Vous aussi, vous êtes fâchée contre moi ? lui a demandé Neal d'une voix humble. A cause de cette histoire de caillou ?...

Il retrouvait son léger accent américain et ce n'était plus le même homme. Il y avait quelque chose de charmant et de timide chez lui.

— Je vous demande pardon. Je voudrais que vous oubliiez ma blague idiote.

Il joignait les mains dans un geste d'imploration enfantine.

— Vous me pardonnez ?

— Je vous pardonne, a dit Sylvia.

— Je regrette vraiment cette histoire de caillou...

— Caillou ou pas, a dit Sylvia, je m'en fous.

C'était elle, maintenant, qui avait l'accent traînant de l'est de Paris.

— Il est souvent comme ça ? a-t-elle demandé à Barbara en désignant Neal du doigt.

L'autre était décontenancée. Elle a fini par bredouiller :

— Quelquefois.

— Et qu'est-ce que vous faites pour le calmer ?

La question était tombée, tranchante comme un couperet. Neal a éclaté de rire.

— Quelle femme adorable ! m'a-t-il dit.

J'étais mal à l'aise. J'ai avalé une grande gorgée d'alcool.

— Et comment nous allons finir la soirée ? a dit Neal.

Voilà bien ce que je prévoyais. Nous n'étions pas arrivés au bout de nos peines.

107

— Je connais un endroit très agréable à Cannes, a dit Neal. Nous pourrions y boire un verre.

— A Cannes ?

Neal m'a tapoté gentiment l'épaule.

— Voyons, mon vieux, ne faites pas cette tête... Cannes n'est pas un endroit de perdition...

— Nous devons rentrer à notre hôtel, ai-je dit. J'attends un coup de téléphone vers minuit...

— Allons... Allons... Vous téléphonerez vous-même de Cannes... Vous n'allez pas nous lâcher...

Je me suis retourné en désespoir de cause vers Sylvia. Elle était impassible. Mais elle a fini par venir à ma rescousse :

— Je suis fatiguée... Je n'ai pas envie de faire de grands trajets en voiture la nuit...

— De grands trajets en voiture ? Jusqu'à Cannes ? Vous vous moquez de moi... Tu as entendu, Barbara ? Un grand trajet en voiture jusqu'à Cannes... jusqu'à Cannes, ils trouvent que c'est un grand trajet...

Plus un mot ou nous serions en présence d'un marteau-pilon qui ne cesserait de scander : « Jusqu'à Cannes, jusqu'à Cannes... » Et si nous le contrariions, il se collerait à nous encore plus fort que maintenant. Pourquoi certaines personnes sont-elles comme ces chewing-gums que nous essayons vainement de détacher de nos talons, en frottant ceux-ci contre le bord du trottoir ?

— Je vous promets que nous serons à Cannes en dix minutes... A cette heure-là, on roule très bien...

Non, il n'avait même pas l'air ivre. Il parlait d'une voix douce. Sylvia a haussé les épaules.

— Si vous y tenez, allons à Cannes...

Elle gardait son sang-froid. Elle m'a fait un clin d'œil imperceptible.

— Nous parlerons du diamant, a dit Neal. Je crois que je vous ai trouvé un client. N'est-ce pas, Barbara?

Elle nous souriait sans répondre.

Les garçons en veste blanche évoluaient entre les tables et je me demandais comment ils pouvaient marcher d'un pas si ferme. Derrière les baies vitrées, les lumières de Nice me semblaient de plus en plus lointaines et se brouillaient. Nous gagnions le large. Tout tanguait autour de moi.

A l'instant de monter dans la voiture, j'ai dit à Neal :

— J'aimerais vraiment que vous nous déposiez à notre hôtel... Je ne veux pas manquer ce coup de téléphone.

Il a consulté sa montre. Son visage s'est éclairé d'un large sourire.

— Vous attendiez bien ce coup de téléphone à minuit? Il est minuit et demi... Vous n'avez plus aucune excuse pour nous fausser compagnie, mon vieux...

Nous avons pris place sur la banquette arrière, Sylvia et moi. Barbara a fait claquer son porte-cigarettes en or. Elle s'est retournée vers nous.

— Vous n'auriez pas une cigarette? a-t-elle demandé. Moi, il ne m'en reste plus.

— Non, a répondu Sylvia brutalement. Nous n'avons pas de cigarettes.

Elle m'avait pris la main et la serrait contre son genou. Neal a démarré.

— Vous tenez vraiment à nous emmener à Cannes ? a demandé Sylvia. C'est ennuyeux, Cannes...

— Vous parlez de ce que vous ne connaissez pas, a dit Neal sur un ton protecteur.

— Nous n'aimons pas les boîtes de nuit, a insisté Sylvia.

— Mais je ne vous emmène pas dans une boîte de nuit...

— Alors où ?

— C'est une surprise.

Il conduisait moins vite que je ne l'avais craint. Il a allumé la radio en sourdine. De nouveau, nous sommes passés devant le bâtiment blanc du Club Nautique et le parc Vigier. Nous avons rejoint le port.

Sylvia me serrait la main. Je me suis tourné vers elle. Par un mouvement du bras en direction de la portière, j'ai voulu lui faire comprendre qu'à l'occasion d'un feu rouge nous pourrions sortir de la voiture. Je crois qu'elle a compris car elle a eu un hochement de tête.

— J'adore cet air, a dit Neal.

Il a augmenté le volume de la radio. Il s'est tourné vers nous.

— Vous aimez, vous aussi ?

Nous n'avons répondu ni l'un ni l'autre. Je pensais à l'itinéraire que nous allions suivre en direction de Cannes. Il y aurait certainement un feu rouge à la hauteur du jardin Albert-Ier. Ou plus haut, sur la Promenade des Anglais. Le mieux, pour nous, ce serait de descendre de la voiture sur la Promenade des Anglais et de disparaître dans l'une des rues perpendiculaires à celle-ci, où Neal ne pourrait pas s'engager à cause des sens uniques.

— Je n'ai plus de cigarettes, a dit Barbara.

Nous étions arrivés quai Cassini. Il a arrêté la voiture.

— Tu veux qu'on aille acheter des cigarettes? a demandé Neal.

Il s'est tourné vers moi.

— Ça ne vous dérange pas d'aller chercher des cigarettes pour Barbara?

Il a effectué un demi-tour, puis il s'est arrêté de nouveau, au début du quai des Deux-Emmanuel.

— Vous voyez le premier restaurant sur le quai? Le restaurant Garac... Il est encore ouvert... Vous leur demanderez deux paquets de Craven... S'ils vous font des difficultés, vous leur dites que c'est pour moi... Mme Garac m'a connu en culottes courtes...

J'ai lancé un regard à Sylvia. Elle paraissait attendre une décision de ma part. Je lui ai fait un signe négatif de la tête. Ce n'était pas encore le moment de leur fausser compagnie. Il fallait se trouver pour cela dans le centre de Nice.

J'ai voulu ouvrir la portière, mais elle était bloquée.

— Excusez-moi, a dit Neal.

Il a appuyé sur un bouton, à la hauteur du levier de vitesse. Cette fois-ci, la portière s'est ouverte.

Je suis entré chez Garac. J'ai monté l'escalier qui menait au restaurant. Une femme blonde se tenait derrière le guichet du vestiaire. De la salle du restaurant, me parvenait un brouhaha de conversations.

— Vous avez des cigarettes? ai-je demandé.

— Quelle marque?

— Craven.

— Ah non... Je n'ai pas d'anglaises.

111

Elle me présentait le plateau des cigarettes.

— Tant pis... Je vais prendre des américaines.

J'ai choisi deux paquets au hasard. Je lui ai donné un billet de cent francs. Elle a ouvert un tiroir, puis un autre. Elle ne trouvait pas la monnaie.

— Tant pis, lui ai-je dit. Gardez ça pour vous.

J'ai descendu l'escalier. Quand je suis sorti de chez Garac, la voiture avait disparu.

J'ai attendu, sur le trottoir du quai Cassini. Neal était sans doute allé prendre de l'essence dans les parages et il n'avait pas trouvé de station-service. La voiture déboucherait d'un instant à l'autre, devant moi. A mesure que le temps passait, je sentais la panique m'envahir. Je ne pouvais pas rester immobile à attendre, je faisais les cent pas le long du trottoir. J'ai fini par consulter ma montre. Il était presque deux heures du matin.

Un groupe bruyant est sorti du restaurant Garac. Des portières de voitures ont claqué, des moteurs ont démarré. Quelques personnes poursuivaient leurs conversations sur le quai. J'entendais le bruit de leurs voix et leurs éclats de rire. Là-bas, au bord du bassin, des ombres déchargeaient des caisses et les empilaient au fur et à mesure près d'un camion bâché, feux éteints.

J'ai marché vers eux. Ils faisaient une pause. Ils étaient appuyés contre les caisses et fumaient.

— Vous n'avez pas vu une voiture, tout à l'heure ? ai-je demandé.

L'un d'eux a levé la tête vers moi.

— Quelle voiture ?

— Une grosse voiture noire.

J'avais besoin de parler à quelqu'un, de ne pas garder cela pour moi tout seul.

— Des amis qui m'attendaient dans une voiture noire, là-bas, devant l'immeuble... Ils sont partis sans me prévenir.

Non, cela ne servait à rien de leur expliquer. Je ne trouvais pas les mots. D'ailleurs, ils ne m'écoutaient pas. Pourtant l'un d'eux a dû remarquer mon visage décomposé.

— Une voiture noire de quelle marque ? a-t-il demandé.

— Je ne sais pas.

— Vous ne savez pas la marque de la voiture ?

Sans doute m'avait-il posé cette question pour vérifier si j'étais ivre ou si j'avais bien tous mes esprits. Il me considérait avec méfiance.

— Mais non. Je ne sais pas la marque de la voiture.

C'était terrible de ne pas même savoir cela.

Je montais le boulevard de Cimiez. J'ai eu un coup au cœur. De loin, je distinguais la masse sombre d'une voiture garée devant le mur à balustrade de la villa des Neal. Quand je me suis approché, j'ai vu que ce n'était pas l'automobile de tout à l'heure, mais celle qui portait la plaque du corps diplomatique.

J'ai sonné plusieurs fois. Personne ne répondait. J'ai tenté de pousser la grille mais elle était fermée. J'ai traversé l'avenue. Dans la partie de la maison que je pouvais apercevoir, derrière la balustrade, il n'y avait pas une lumière. J'ai redescendu le boulevard de Cimiez et suis entré dans la cabine téléphonique qui se trouve tout en bas au tournant, à la hauteur du Majestic. J'ai composé le numéro des Neal et j'ai laissé sonner, longtemps. Mais pas plus qu'à la grille, personne ne répondait. Alors, j'ai suivi de nouveau le boulevard jusqu'à la villa des Neal. La voiture était toujours là. Je ne sais pas pourquoi, j'ai essayé d'ouvrir, une à une, les portières, mais elles étaient fermées à clé. Le coffre arrière aussi. Puis j'ai secoué la grille dans l'espoir qu'elle céderait. En vain. J'ai donné des coups de pied dans la voiture et dans la grille, mais je n'avais de prise sur rien. Tout se refermait devant moi, je ne trouvais pas la moindre fissure où me glisser, le moindre contact, tout était verrouillé, irrémédiablement.

Comme cette ville où je marchais jusqu'à la pension Sainte-Anne. Rues mortes. De rares voitures passaient et je les fouillais du regard les unes après les autres, mais ce n'était jamais la voiture des Neal. On aurait cru qu'elles étaient vides. Je longeais le jardin d'Alsace-Lorraine, et j'en ai remarqué une, noire et de la taille de celle des Neal, arrêtée au coin du boulevard Gambetta. Son moteur tournait. Puis il s'est éteint. Je me suis approché mais je ne voyais rien à travers les vitres opaques. Je me suis baissé et j'ai presque collé mon front au pare-brise. Sur la banquette avant une femme blonde qui se tenait de biais, le buste appuyé au volant, tournait le dos à un homme qui tentait de se plaquer contre elle. Elle avait l'air de se débattre. Je m'éloignais déjà, lorsqu'une tête est apparue par la vitre baissée, un homme aux cheveux bruns ramenés en arrière :

— Ça t'intéresse, voyeur ?

Puis un rire strident de femme, dont il me semblait entendre l'écho tout le long de la rue Caffarelli.

La grille de la pension Sainte-Anne était bloquée et j'ai cru que je ne parviendrais jamais à l'ouvrir, elle non plus. Mais je l'ai poussée de toutes mes forces, en m'arc-boutant, et elle a fini par céder. Dans l'allée et le jardin obscurs, j'ai dû me guider à tâtons jusqu'à l'escalier de service.

Quand je suis entré dans la chambre et que j'ai allumé la suspension, j'ai d'abord éprouvé un sentiment de réconfort, tant la présence de Sylvia était encore vivante ici. L'une de ses robes traînait sur le dossier du fauteuil de cuir, ses autres vêtements étaient rangés dans le placard, et au fond de celui-ci, j'ai reconnu son sac de voyage. Ses affaires de toilette n'avaient pas quitté la petite table de bois clair, près du lavabo. Je n'ai pu m'empêcher de respirer son flacon de parfum.

Je me suis allongé sur le lit tout habillé, et j'ai éteint la lumière avec l'idée que je pourrais mieux réfléchir dans le noir. Mais l'obscurité et le silence m'enveloppaient comme un linceul, et j'avais l'impression d'étouffer. Peu à peu, cela a fait place à un sentiment de vide et de désolation. C'était insupportable de se retrouver seul sur le lit. J'ai allumé la lampe de chevet et je me suis dit à voix basse que Sylvia ne tarderait pas à me rejoindre dans cette chambre. Elle savait que je l'attendais ici. Alors, j'ai éteint de nouveau la lampe pour mieux guetter le grincement de la grille qui s'ouvrirait, et le bruit de ses pas le long de l'allée et sur les marches de l'escalier.

Je n'étais plus qu'un somnambule qui allait de la pension Sainte-Anne à la villa des Neal. Je sonnais longtemps sans que personne ne réponde. La voiture du corps diplomatique était toujours garée à la même place, devant la grille.

Le numéro de téléphone des Neal figurait dans l'annuaire des Alpes-Maritimes avec cette mention : Service ambassade américaine 50 *bis*, boulevard de Cimiez. J'ai téléphoné à l'ambassade américaine de Paris et leur ai demandé s'ils ne connaissaient pas un certain Virgil Neal qui occupait l'un de leurs bâtiments, à Nice, 50 *bis*, boulevard de Cimiez. Je leur ai dit qu'il avait disparu d'un jour à l'autre et que je m'inquiétais pour lui. Non, ils n'avaient jamais entendu parler d'un M. Virgil Neal. La villa Château Azur, boulevard de Cimiez, servait de résidence à des fonctionnaires de l'ambassade, mais depuis quelques mois, elle était inoccupée. Un consul américain s'y installerait prochainement. C'est à lui que je devrais m'adresser.

Je lisais tous les journaux, en particulier ceux de la région et même les journaux italiens. J'épluchais les faits divers. L'un d'eux avait attiré mon attention. Dans la nuit où Sylvia avait disparu, une voiture allemande, de marque Opel, noire, immatriculée à Paris, avait quitté la route au lieu-dit le chemin du Mont Gros entre Menton et Castellar et s'était écrasée au fond d'un ravin. Elle avait pris feu et on avait découvert à l'intérieur deux corps complètement carbonisés qu'on n'avait pas pu identifier.

J'ai fait un détour par la Promenade des Anglais et j'ai pénétré dans le grand garage, juste avant la rue de Cronstadt.

J'ai demandé à l'un des mécanos si, par hasard, il y avait une Opel dans ce garage.

— Pourquoi?

— Comme ça...

Il a haussé les épaules :

— Là-bas... au coin... tout au fond...

Oui, c'était bien une voiture semblable à celle des Neal.

J'ai voulu revisiter tous les endroits où nous étions allés en compagnie des Neal, dans l'espoir d'y trouver une piste, un fil conducteur, ou peut-être de les voir entrer avec Sylvia : ainsi de ces films que l'on fait revenir en arrière sur la table de montage pour y examiner inlassablement les détails de la même séquence. Mais à l'instant où je sortais de chez Garac, les deux paquets de cigarettes américaines à la main, le film se cassait ou bien j'étais arrivé au bout de la bobine.

117

Sauf un soir, dans le restaurant italien de la rue des Ponchettes où les Neal nous avaient donné rendez-vous, la première fois.

J'avais choisi la table qui avait été la nôtre ce jour-là, près de la cheminée monumentale et je m'étais assis sur la même chaise. Oui, j'avais l'espoir en revenant dans les mêmes lieux et en refaisant les mêmes gestes que je finirais bien par renouer des fils invisibles.

J'avais demandé à la directrice du restaurant et à chacun des serveurs s'ils connaissaient les Neal. Ce nom ne leur disait rien, et pourtant Neal nous avait affirmé qu'il était un habitué de l'endroit. Les dîneurs parlaient fort et ce brouhaha m'oppressait au point que je ne savais plus pourquoi je me trouvais là, et où j'étais.

Les événements de ma vie s'embrumaient peu à peu jusqu'à se dissoudre. Il ne restait que cet instant, les dîneurs, la cheminée monumentale, les faux Guardi accrochés aux murs et le murmure des voix... Rien que cet instant. Je n'osais pas me lever ni quitter cette salle. A peine aurais-je franchi la porte que je glisserais dans le vide...

Un homme barbu est entré, un appareil photographique en bandoulière et avec lui une bouffée de l'air froid du dehors. J'ai été brusquement tiré de ma torpeur et j'ai reconnu le photographe à veste de velours et visage de rapin qui patrouillait devant le Palais de la Méditerranée et avait pris une photo des Neal, de Sylvia et de moi. Cette photo, je la gardais toujours dans mon portefeuille.

Il a fait le tour des tables en demandant aux dîneurs s'ils voulaient une « photo souvenir », mais aucun d'eux n'a accepté. Puis son regard est tombé sur moi. Il a paru hésiter, sans doute parce que j'étais seul.

118

— Photo ?

— Oui, s'il vous plaît.

Il a levé son appareil vers moi et le flash m'a ébloui.

Il attendait que la photo sèche entre ses doigts et me considérait avec curiosité.

— Seul à Nice ?

— Oui.

— Vous faites du tourisme ?

— Pas exactement.

Il glissait la photo dans un petit cadre en carton et me la tendait.

— C'est cinquante francs.

— Vous voulez prendre un verre ? lui ai-je dit.

— Volontiers.

— Moi aussi, j'ai été photographe dans le temps, lui ai-je dit.

— Ah bon...

Il s'est assis en face de moi et a posé son appareil photo sur la table.

— Vous m'avez déjà pris en photo sur la Promenade des Anglais, lui ai-je dit.

— Je ne me souviens pas de tout le monde. Ça défile, vous savez...

— Oui, ça défile...

— Alors, vous étiez photographe, vous aussi ?

— Oui.

— Dans quel genre ?

— Oh... un peu de tout.

C'était la première fois que je pouvais parler à quelqu'un. J'ai sorti la photo de mon portefeuille. Il a d'abord jeté un œil distrait sur elle. Puis il a froncé les sourcils.

— C'est un de vos amis ? m'a-t-il demandé, en me désignant Neal.

— Pas vraiment.

— Figurez-vous que j'ai connu ce type-là dans le temps... Mais ça fait des années que je ne l'ai plus revu... Je ne me suis même pas rendu compte que je le photographiais ce jour-là... Ça défile tellement vite...

Le serveur nous apportait deux coupes de champagne. J'ai fait semblant d'en boire une gorgée. Lui, il a avalé le contenu de sa coupe d'un seul trait.

— Alors, vous l'avez connu ? ai-je dit sans grand espoir qu'il me réponde, tant j'avais l'habitude que les choses se dérobent devant moi.

— Oui... Nous habitions le même quartier quand nous étions gosses... Riquier...

— Vous êtes sûr ?

— Absolument.

— Et comment s'appelait-il ?

Il a cru que je lui posais une devinette.

— Alessandri... Paul Alessandri... J'ai répondu juste ? Il ne détachait pas les yeux de la photo.

— Et maintenant qu'est-ce qu'il fait de beau, Alessandri ?

— Je ne sais pas exactement, ai-je dit. Je le connais à peine.

— La dernière fois que je l'ai vu, il était manadier en Camargue...

Il a levé la tête et sur un ton à la fois ironique et solennel, il m'a dit :

— Vous avez de mauvaises fréquentations, monsieur.

— Pourquoi ?

— Paul a commencé par être groom au Ruhl... Il a été changeur au casino municipal... Et puis barman... Ensuite, il est monté à Paris et je l'ai perdu de vue... Il a fait de la prison... Si j'étais vous, je me méfierais...

Il me fixait de ses petits yeux perçants.

— J'aime bien mettre en garde les touristes...

— Je ne suis pas un touriste, ai-je dit.

— Ah bon ? Vous habitez Nice ?

— Non.

— Nice est une ville dangereuse, a-t-il dit. On y fait parfois de mauvaises rencontres...

— Je ne savais pas qu'il s'appelait Alessandri, lui ai-je dit. Il se faisait appeler Neal.

— Ah... Vous dites qu'il se faisait appeler comment ?

— Neal.

Je lui ai épelé le nom.

— Ça alors... Paul se fait appeler Neal ?... Neal... C'était un Américain qui habitait boulevard de Cimiez quand nous étions gosses... Une grande villa... Le Château Azur... Paul m'emmenait jouer avec lui dans le parc de cette villa... juste après la guerre... Il était le fils du jardinier...

J'ai traversé la place Masséna. L'intendance de police se trouvait un peu plus loin, après les palissades qui marquaient l'emplacement de l'ancien casino municipal où Paul Alessandri avait été « changeur ». Qu'est-ce que cela voulait dire : changeur ? J'ai fait les cent pas en regardant les cars entrer et sortir de la gare routière. D'un

121

élan, comme si je craignais de revenir en arrière, j'ai franchi le porche.

J'ai demandé à l'homme qui se tenait derrière un bureau dans le hall d'entrée à quel service il fallait s'adresser pour les « disparitions ».

— Quelles disparitions ?

J'ai regretté aussitôt mon initiative. Maintenant, on allait me poser des questions et je devrais y répondre en détail. On ne se contenterait pas de réponses évasives. J'entendais déjà le cliquetis monotone de la machine à écrire.

— La disparition de quelqu'un, ai-je dit.

— Premier étage. Bureau 23.

J'ai préféré monter par l'escalier plutôt que de prendre l'ascenseur. J'ai suivi un couloir vert pâle le long duquel les portes se succédaient avec leurs numéros impairs : 3, 5, 9, 11, 13... Puis le couloir a bifurqué à gauche, en angle droit. 15, 17, 23. Le globe de lumière, au plafond, éclairait violemment la porte et me faisait cligner des yeux. J'ai frappé plusieurs fois. Une voix aiguë m'a prié d'entrer.

Un blond à lunettes, assez jeune, s'appuyait, de ses bras croisés, sur un bureau métallique. A côté de lui, une petite table en bois clair supportait une machine à écrire recouverte de son étui de plastique noir.

Il me désignait le siège, en face de lui. Je me suis assis.

— C'est au sujet d'une amie qui a disparu depuis plusieurs jours, ai-je dit, et ma voix me semblait celle d'un autre.

— Une amie ?

— Oui. Nous avions fait la connaissance de deux personnes qui nous ont invités dans un restaurant, et après le dîner mon amie a disparu avec eux à bord d'une voiture Opel et...

— Votre amie?

J'avais parlé très vite comme si je prévoyais qu'il allait m'interrompre et que je ne disposais que de quelques secondes pour tout lui expliquer.

— Depuis, je n'ai plus aucune nouvelle. Ces personnes que nous avions rencontrées prétendaient s'appeler M. et Mme Neal et habitaient une villa boulevard de Cimiez qui appartient à l'ambassade américaine. D'ailleurs, ils se servaient d'une voiture qui portait une plaque du corps diplomatique et qui est toujours garée devant la villa...

Il m'écoutait, le menton sur la paume de sa main et je ne pouvais plus m'arrêter de parler. Depuis si longtemps, j'avais gardé toutes ces choses pour moi seul sans avoir l'occasion de me confier à quelqu'un...

— L'homme ne s'appelait pas Neal et n'était pas américain comme il le prétendait... Il s'appelle Paul Alessandri et il est originaire de Nice... Je l'ai su par un de ses amis d'enfance qui est photographe sur la Promenade des Anglais et qui avait pris une photo de nous.

Je sortis de mon portefeuille la photo et la lui tendis. Il la saisit délicatement entre le pouce et l'index comme l'aile d'un papillon mort et la posa sur son bureau, sans la regarder.

— Ce Paul Alessandri est le troisième à partir de la gauche. Il a été groom à l'hôtel Ruhl... Il a fait de la prison...

Du bout des doigts, il poussa la photo vers moi. Il dédaignait ce document. Et Paul Alessandri, bien qu'il eût fait de la prison, ne l'intéressait en aucune manière.

— Mon amie portait sur elle un bijou de très grande valeur...

Tout allait basculer pour moi. Il suffisait de donner encore quelques autres détails et une période de ma vie s'achèverait, là, dans ce bureau de l'intendance de police. L'instant était venu — j'en avais la certitude — où il ôterait la housse noire de la machine à écrire et poserait cette machine, devant lui, sur son bureau. Il y glisserait un feuillet et le ferait tourner dans un crissement. Puis, il lèverait son visage vers moi et me dirait, d'une voix douce :

— Je vous écoute.

Mais il demeurait immobile et silencieux, le menton sur la paume de la main.

— Mon amie portait sur elle un diamant de très grande valeur, ai-je répété d'une voix plus ferme.

Il gardait toujours le silence.

— Ce Paul Alessandri qui se faisait passer pour un Américain avait repéré ce bijou que portait mon amie et m'avait même proposé de l'acheter...

Il avait dressé le buste, ses deux mains bien à plat sur la table, dans l'attitude de quelqu'un qui veut mettre un terme à une conversation.

— Il s'agissait bien d'une amie à vous ? m'a-t-il demandé.

— Oui.

— Vous n'avez donc aucun lien de parenté avec elle ?

— Non.

— Notre service s'appelle : Recherches dans l'intérêt des familles, et cette personne n'est pas de votre famille, si je comprends bien...

— Non.

— Par conséquent...

Il écartait les bras, d'un geste d'impuissance à la douceur ecclésiastique.

— Et puis, vous savez, j'ai l'habitude de ce genre de disparitions... Des fugues, en général... Qui vous dit par exemple que votre amie n'a pas voulu partir en voyage avec ce couple et qu'elle ne vous donnera pas des nouvelles d'ici quelque temps ?

J'ai quand même eu la force de bredouiller :

— J'ai lu dans le journal qu'une voiture de marque Opel s'était écrasée dans un ravin entre Menton et Castellar...

Il se frottait les mains, avec cette même douceur ecclésiastique.

— Il y a une grande quantité de voitures Opel sur la côte d'Azur qui s'écrasent dans des ravins... Vous n'allez quand même pas essayer de dénombrer toutes les Opel de Nice et des environs qui s'écrasent dans des ravins ?

Il s'est levé, m'a pris par le bras et d'une pression ferme mais courtoise m'a entraîné jusqu'à la porte de son bureau qu'il a ouverte :

— Désolé... Nous ne pouvons vraiment rien pour vous...

Et il me désignait le panneau de la porte. Quand il eut refermé celle-ci, je suis resté un instant, immobile et hébété, sous le globe de lumière du couloir, à fixer les lettres bleues : « Recherches dans l'intérêt des familles. »

Je me suis retrouvé dans le jardin Albert-Ier avec le sentiment que, désormais, je n'avais plus aucun recours. J'en voulais à ce fonctionnaire de police pour son manque de sollicitude. Pas un instant, il ne m'avait tendu la perche, il n'avait fait preuve de la plus élémentaire curiosité professionnelle. Il m'avait découragé quand j'étais sur le point de tout lui dire. Dommage pour lui. Ce n'était pas une affaire de routine, comme il le pensait. Non. Il avait manqué, par sa faute, une belle occasion d'obtenir de l'avancement.

Peut-être avais-je mal présenté les choses : ce n'était pas de Sylvia que j'aurais dû lui parler, mais de la Croix du Sud. En comparaison de la longue et sanglante histoire de cette pierre, quelle importance avaient nos vies, notre pauvre petit cas personnel ? Un épisode venu s'ajouter aux autres, et qui ne serait pas le dernier.

J'avais découvert, au début de notre séjour à Nice, dans la librairie de la rue de France où nous achetions des romans policiers d'occasion, un ouvrage en trois volumes écrit par un certain B. Balmaine : *Dictionnaire biographique des pierres précieuses*. Ce Balmaine, expert diamantaire près de la cour d'appel de Paris, avait recensé plusieurs milliers de pierres précieuses. Sylvia et moi nous avions cherché à : Croix du Sud.

Balmaine consacrait une dizaine de lignes à notre diamant. Il avait fait partie des bijoux volés à la comtesse du Barry dans la nuit du 10 au 11 janvier 1791 puis vendus aux enchères à Londres par Christies le 19 février 1795. On n'avait plus entendu parler de cette pierre jusqu'en octobre 1917 où, de nouveau, elle avait été volée chez une certaine Fanny Robert de Tessancourt, 8, rue de Saigon, à Paris, XVIe. Le coupable, un certain Serge de Lenz, avait été arrêté mais Fanny Robert de Tessancourt avait aussitôt retiré sa plainte en affirmant que Lenz était son ami.

La pierre n'avait « refait surface » — selon l'expression de Balmaine — qu'en février 1943, date à laquelle un certain Jean Terrail l'avait vendue à un certain Pagnon, Louis. Selon une fiche de police ultérieure, la vente s'était effectuée en marks allemands. Puis, en mai 1944, Louis Pagnon avait vendu le diamant à un certain de Bellune, Philippe, dit de Pacheco, né à Paris le 22 janvier 1918 de Mario et de Werry de Hulst, Eliane, sans domicile connu.

La comtesse du Barry avait été guillotinée en décembre 1793 ; Serge de Lenz avait été assassiné en septembre 1945 ; Louis Pagnon avait été fusillé en décembre 1944. De Bellune Philippe, lui, avait disparu, comme la Croix du Sud, avant que ce diamant ne réapparaisse sur le jersey noir de Sylvia, puis de nouveau ne disparaisse. Avec elle...

Mais à mesure que la nuit est tombée sur Nice, j'ai fini par donner raison à ce fonctionnaire qui voulait bien entreprendre des recherches, à condition qu'elles fussent dans l'intérêt des familles. S'il avait ôté l'étui de sa machine à écrire et que l'interrogatoire ait commencé, que lui aurais-je confié de bien précis, au sujet de Sylvia et de tous ces événements récents de ma vie qui me semblaient à moi-même trop fragmentaires, trop discontinus pour être compréhensibles ? Et puis je ne peux pas tout dire. Je garde certaines choses pour moi. Souvent, je pense à cette vieille affiche de cinéma dont quelques lambeaux demeuraient sur une palissade. Il y était écrit : LES SOUVENIRS NE SONT PAS A VENDRE.

Je suis rentré à la pension Sainte-Anne. Là, dans le silence de ma chambre, j'entendais un bruit qui revient souvent au cours de mes insomnies : celui d'une machine à écrire. Le crépitement des touches était très rapide, et s'égrenait peu à peu comme lorsque l'on tape de deux index hésitants sur le clavier. Et de nouveau, j'avais devant moi ce fonctionnaire de police blond qui, à voix feutrée, m'interrogeait. Il était si difficile de lui répondre...

Il faudrait lui expliquer tout, depuis le début. Mais voilà la plus grande difficulté : il n'y a rien à expliquer. Dès le début, ce n'était qu'une question d'ambiance et de décor...

Je lui montrerais les photos que j'avais prises, à cette époque, sur les bords de Marne. De grandes photos en noir et blanc. Je les ai conservées, et avec elles tout ce que contenait le sac de voyage de Sylvia. Ce soir-là, dans la chambre de la pension Sainte-Anne, je suis allé chercher, au fond du placard, la chemise de carton sur laquelle est écrit : « Plages fluviales. »

Je n'avais pas regardé ces photos depuis longtemps. Je les contemplais dans leurs moindres détails et me laissais pénétrer de nouveau par le décor où tout avait commencé. L'une d'entre elles, dont j'avais perdu le souvenir, a provoqué chez moi un mélange de terreur et de fascination que rendaient encore plus vifs le silence de cette chambre et ma solitude.

La photo avait été prise quelques jours avant que je fasse la connaissance de Sylvia. La terrasse de l'un de ces restaurants des bords de Marne. Tables à parasol. Pontons. Saules pleureurs. J'ai essayé de me souvenir : le Vieux Clodoche à Chennevières ? Le Pavillon Bleu ou le Château des Iles Jochem à La Varenne ? Je m'étais dissimulé avec mon Leica pour que ce décor et ces gens gardent leur naturel.

L'une des tables du fond, près du ponton, ne portait pas de parasol et deux hommes assis côte à côte l'occupaient. Ils conversaient paisiblement. L'un d'eux était Villecourt. J'avais aussitôt reconnu l'autre : celui qui s'était présenté à nous sous le nom de Neal et qui s'appelait, en réalité, Paul Alessandri. Quelle chose étrange de le voir là, assis au bord de la Marne, comme si, dès le début, le ver était dans le fruit.

Oui, j'ai connu Sylvia Heuraeux, épouse Villecourt, un matin d'été, au Beach de La Varenne. J'avais échoué depuis quelques jours sur les bords de la Marne pour prendre des photos. Un petit éditeur avait accepté mon projet d'un livre qui s'intitulerait *Plages fluviales.*

Je lui avais montré mon modèle : un très bel album sur Monte-Carlo réalisé à la fin des années 30 par un photographe du nom de W. Vennemann. Mon livre serait du même format. Même pagination. Mêmes photos en noir et blanc, la plupart à contre-jour. Au lieu de l'ombre des palmiers se découpant sur la baie de Monte-Carlo ou des carrosseries sombres et luisantes d'automobiles contrastant, la nuit, avec l'éclat du Sporting d'Hiver, on verrait les plongeoirs et les pontons de ces plages de banlieue. Mais la lumière serait la même. L'éditeur n'avait pas très bien compris mon propos.

— Parce que vous croyez que La Varenne et Monte-Carlo, c'est la même chose ? m'avait-il dit.

Mais il avait fini par me signer un contrat. On fait toujours confiance à la jeunesse.

Ce matin-là, il n'y avait pas grand monde au Beach de La Varenne. Je crois même qu'elle était la seule personne qui prenait un bain de soleil. Des enfants se laissaient glisser le long du toboggan au bord de la piscine, et chaque fois qu'ils tombaient dans l'eau bleutée, on entendait leurs cris et leurs rires.

J'ai été frappé par sa beauté et par ses gestes nonchalants pour allumer une cigarette ou poser à côté d'elle son verre d'orangeade dont elle aspirait le contenu à l'aide d'une paille. Et elle s'allongeait de manière si gracieuse sur le matelas de plage aux rayures bleues et blanches, les yeux cachés par des lunettes de soleil, que je me suis souvenu de la réflexion de mon éditeur. Certes, Monte-Carlo et La Varenne n'ont pas beaucoup de points communs, mais j'en voyais un ce matin-là : cette fille, que l'on aurait pu imaginer dans la même position indolente au Monte-Carlo Beach, dont W. Vennemann avait su si bien suggérer l'ambiance par ses photos en noir et blanc. Non, elle n'aurait pas déparé le décor mais, au contraire, y aurait ajouté un charme.

J'allais de gauche à droite, cherchant le meilleur angle de vue, mon appareil de photo autour du cou.

Elle a remarqué mon manège.

— Vous êtes photographe ?

— Oui.

Elle avait ôté ses lunettes de soleil et me considérait de ses yeux clairs. Les enfants avaient quitté la piscine. Il ne restait plus que nous deux.

— Vous n'avez pas trop chaud ?

— Non. Pourquoi?

J'avais gardé mes chaussures — ce qui était interdit dans cet établissement de bains — et je portais un chandail à col roulé.

— J'en ai assez, du soleil, a-t-elle dit.

Je l'ai suivie de l'autre côté de la piscine, là où un grand mur de lierre projetait son ombre et sa fraîcheur. Nous nous sommes assis sur des fauteuils de bois blanc, côte à côte. Elle s'était enveloppée d'un peignoir d'éponge blanc. Elle s'est tournée vers moi.

— Mais qu'est-ce que vous voulez photographier ici?

— Le décor.

Et d'un large mouvement du bras, je lui désignai la piscine, le plongeoir, le toboggan, les cabines de bain, et là-bas, le restaurant en plein air, sa pergola blanche aux piliers orange, le ciel bleu, le mur de lierre vert sombre derrière nous...

— Je me demande si je ne devrais pas faire des photos en couleurs... On sentirait mieux l'ambiance du Beach de La Varenne...

Elle a éclaté de rire.

— Vous trouvez qu'il y a de l'ambiance ici?

— Oui.

Elle me dévisageait avec un sourire ironique.

— D'habitude, vous prenez quel genre de photos?

— Je travaille pour un album qui s'appellera *Plages fluviales*.

— Plages fluviales?

Elle fronçait les sourcils. Déjà, je m'apprêtais à lui fournir les explications qui avaient laissé perplexe mon éditeur : le parallèle avec Monte-Carlo... Mais ce n'était pas la peine d'embrouiller les choses.

— J'essaie de retrouver les établissements balnéaires qui restent dans la région parisienne.

— Vous en avez trouvé beaucoup ?

Elle me tendait un étui à cigarettes en or qui contrastait avec le naturel et la simplicité de son allure. Et à ma grande surprise, elle alluma elle-même ma cigarette.

— J'ai photographié toutes les plages de l'Oise... L'Isle-Adam, Beaumont, Butry-Plage... Et puis les plages et les stations balnéaires du bord de la Seine : Villennes, Elisabethville...

Apparemment, elle était intriguée par ces stations balnéaires si proches, dont elle ne soupçonnait pas l'existence. Elle me transperçait de son regard clair.

— Mais finalement, l'endroit que je préfère, c'est ici..., lui ai-je dit. C'est tout à fait l'ambiance que je cherchais... Je crois que je vais prendre beaucoup de photos à La Varenne et aux environs...

Elle ne me quittait pas des yeux, comme si elle voulait vérifier que je ne plaisantais pas.

— Vous croyez vraiment que La Varenne est une station balnéaire ?

— Un peu... Et vous ?

De nouveau, elle a éclaté de rire. Un rire très léger.

— Et qu'est-ce que vous allez bien pouvoir photographier à La Varenne ?

— Le Beach... Les bords de la Marne... Les pontons...

— Vous habitez Paris ?

— Oui, mais j'ai loué une chambre d'hôtel ici. Il faut

133

au moins que je reste une quinzaine de jours pour faire de bonnes photos...

Elle a regardé l'heure à son bracelet-montre, une montre d'homme au gros bracelet de métal qui faisait ressortir la finesse de son poignet.

— Je dois rentrer pour le déjeuner, m'a-t-elle dit. Je suis en retard.

Elle avait oublié, par terre, le porte-cigarettes en or. Je me suis penché pour le ramasser et le lui ai tendu.

— Ah oui... Il ne faut pas que j'oublie ça... C'est un cadeau de mon mari...

Elle l'avait dit sans aucune conviction. Elle est allée se changer dans l'une des cabines de bain, de l'autre côté de la piscine, et quand elle en est sortie, elle portait un paréo à fleurs et son grand sac de plage en bandoulière.

— C'est joli votre paréo, lui ai-je dit. J'aimerais bien faire une photo de vous en paréo, ici, au Beach, ou sur un des pontons de la Marne. Ça va bien avec le décor...

— Vous trouvez ? C'est plutôt tahitien, un paréo...

Oui, tahitien. Vennemann, dans son album sur Monte-Carlo, avait ajouté plusieurs photos des plages désertes du Saint-Tropez des années 30. Quelques femmes, en paréo, étaient allongées sur le sable, parmi les bambous.

— C'est plutôt tahitien, lui ai-je dit, mais ça prend du charme, ici, au bord de la Marne...

— Alors, vous voudriez que je sois votre modèle ?

— J'aimerais beaucoup.

Elle m'a souri. Nous sommes sortis du Beach de La Varenne et sur la route qui longe la Marne, nous marchions au milieu de la chaussée. Pas une voiture. Personne. Tout était silencieux et tranquille sous le soleil,

et tendres toutes les couleurs : le bleu du ciel, le vert pâle
des peupliers et des saules pleureurs ; et l'eau de la Marne,
d'habitude lourde et stagnante, si légère ce jour-là qu'elle
reflétait les nuages, le ciel et les arbres.

Nous avons laissé derrière nous le pont de Chennevières
et nous marchions toujours au milieu de la route bordée
de platanes qui s'appelle : Promenade des Anglais.

Là-bas, un canoë glissait sur la Marne, un canoë d'un
orange presque rose. Elle m'a pris le bras et m'a entraîné
sur le trottoir, du côté de l'eau pour que nous le regardions
passer.

Elle m'a désigné la grille d'une villa.

— J'habite ici... avec mon mari...

J'ai eu quand même le courage de lui demander si nous
pouvions nous revoir.

— Je suis tous les jours à la piscine entre onze heures et
une heure de l'après-midi, m'a-t-elle dit.

Le Beach de La Varenne était aussi désert que la veille. Elle prenait un bain de soleil devant les cabines blanches et moi, je cherchais toujours sous quel angle photographier cet établissement. J'aurais voulu réunir sur la photo, le plongeoir, les cabines, la terrasse à pergola du restaurant et les berges de la Marne. Mais celles-ci étaient séparées du Beach par la route.

— C'est vraiment dommage qu'on n'ait pas construit le Beach directement au bord de la Marne, ai-je dit.

Mais elle ne m'avait pas entendu. Elle s'était peut-être endormie sous son chapeau de paille et ses lunettes de soleil. Je me suis assis à côté d'elle et j'ai posé ma main sur son épaule :

— Vous dormez ?

— Non.

Elle a ôté ses lunettes de soleil. Elle me fixait de ses yeux clairs et me souriait.

— Alors, vous avez pris des photos du Beach ?

— Pas encore.

— Vous travaillez lentement...

Elle tenait son verre d'orangeade à deux mains, une

paille entre les lèvres. Puis elle m'a tendu le verre. J'ai bu à mon tour.

— Je vous invite à déjeuner à la maison, m'a-t-elle dit. Si cela ne vous ennuie pas de faire la connaissance de mon mari et de ma belle-mère...

— C'est très gentil.

— Cela vous inspirera peut-être pour vos photos...

— Mais vous habitez toute l'année à La Varenne ?

— Oui. Toute l'année. Avec mon mari et ma belle-mère.

Elle paraissait brusquement pensive et résignée.

— Votre mari travaille dans la région ?

— Non. Mon mari ne fait rien.

— Et votre belle-mère ?

— Ma belle-mère ? Elle fait courir des trotteurs à Vincennes et à Enghien... Vous vous intéressez aux chevaux ?

— Je n'y connais pas grand-chose.

— Moi non plus. Mais si cela vous intéresse pour vos photos, ma belle-mère se fera certainement un plaisir de vous emmener sur les champs de courses.

Des trotteurs. J'ai pensé à W. Vennemann qui avait photographié, pour son album, le départ du Grand Prix de Monaco, et les bolides en vue plongeante, filant le long du port. Eh bien, j'avais trouvé l'équivalent de cette manifestation sportive, ici, au bord de la Marne : L'atmosphère que je cherchais sur ces plages fluviales, qui donc pouvait mieux la suggérer que des trotteurs légers et leurs sulkies ?

Elle m'avait pris le bras sur la route déserte du bord de l'eau, mais quand nous sommes arrivés à proximité de la grille de la maison, elle s'est écartée de moi.

— Ça ne vous ennuie vraiment pas de venir déjeuner? m'a-t-elle demandé.

— Au contraire.

— Si vous voyez que ça vous ennuie, vous pourrez toujours dire que vous avez du travail.

Elle m'enveloppait d'un regard doux et étrange qui m'émut. J'avais l'impression que désormais nous n'allions plus nous quitter.

— Je leur ai expliqué que vous étiez photographe et que vous vouliez faire un album sur La Varenne.

Elle a poussé la grille. Nous avons traversé une pelouse à la lisière de laquelle se dressait une grosse villa, de style anglo-normand, avec des colombages. Et nous nous sommes retrouvés dans la salle de séjour, dont les murs étaient recouverts d'une boiserie sombre et les fauteuils et le canapé d'un tissu écossais.

Par l'une des portes-fenêtres, une femme est entrée, en pantalon de plage, et s'est dirigée vers nous d'une démarche souple. La soixantaine, grande, les cheveux gris coiffés à la lionne.

— Ma belle-mère, a dit Sylvia... Mme Villecourt.

— Ne m'appelle pas ta belle-mère. Ça me fout le cafard...

Elle avait une voix rauque et un léger accent faubourien.

— Alors, vous êtes photographe?

— Oui.

Elle s'est assise sur le canapé, Sylvia et moi, sur les fauteuils. Un plateau d'apéritifs attendait, au milieu de la table basse, devant nous.

Un homme à la démarche traînante et à la petite taille de jockey s'est présenté à nous. Avec sa veste blanche et son pantalon bleu marine, il aurait pu être membre d'équipage d'un yacht ou employé d'un club nautique.

— Vous pouvez servir l'apéritif, a dit Mme Villecourt.

J'ai choisi une goutte de porto. Sylvia et Mme Villecourt, du whisky. L'homme s'est retiré, en traînant les pieds.

— Il paraît que vous voulez faire un album de photos sur La Varenne ? m'a demandé Mme Villecourt.

— Oui. Sur La Varenne et sur toutes les autres plages fluviales des environs de Paris.

— La Varenne a beaucoup changé... C'est devenu complètement mort... Sylvia m'a dit que vous auriez besoin de renseignements sur La Varenne pour votre album...

Je me suis tourné vers Sylvia. Elle me regardait du coin de l'œil. C'était donc le prétexte qu'elle avait choisi pour m'introduire ici.

— J'ai connu La Varenne à l'époque où je venais de me marier... Nous habitions déjà cette maison avec mon mari...

Elle s'est servi un deuxième verre de whisky. Elle portait une bague d'émeraudes au médius.

— A l'époque, il y avait beaucoup d'artistes de cinéma qui fréquentaient La Varenne... René Dary,

Jimmy Gaillard, Préjean... Les Fratellini habitaient au Perreux... Mon mari les connaissait tous. Il allait jouer aux courses, au Tremblay, avec Jules Berry...

Elle paraissait contente de citer ces noms et d'évoquer ces souvenirs devant moi. Qu'avait bien pu lui dire Sylvia ? Que je voulais écrire l'histoire de La Varenne ?

— Pour eux, c'était pratique de s'installer ici... A cause de la proximité des studios de Joinville...

J'ai senti qu'elle serait intarissable sur le sujet. Le rouge lui montait aux joues et ses yeux brillaient. L'effet du deuxième verre de whisky qu'elle avait bu très vite ? Ou bien l'afflux des souvenirs ?

— Je connais une histoire très bizarre qui vous intéressera peut-être...

Elle me souriait et son visage devenait lisse. Un éclair de jeunesse passait dans ses yeux et dans son sourire. Elle avait dû être, jadis, une très jolie femme.

— C'est au sujet d'un autre artiste de cinéma que mon mari connaissait bien... Aimos... Raymond Aimos... Il habitait tout près d'ici, à Chennevières... Il a soi-disant été tué, à la libération de Paris, sur une barricade, par une balle perdue...

Sylvia écoutait, l'air surpris. Apparemment, elle n'avait jamais entendu sa belle-mère parler de la sorte, ni peut-être se montrer si détendue et si familière avec un étranger.

— En fait, ça ne s'est pas du tout passé comme ça... C'est une sombre histoire... Je vous expliquerai...

Elle a haussé les épaules.

— Vous y croyez, vous, aux balles perdues ?

Un brun d'environ trente-cinq ans, en pantalon bleu ciel et chemise blanche, était venu s'asseoir sur le canapé à côté de Mme Villecourt, au moment où elle s'apprêtait, sans doute, à me révéler le secret de la mort d'Aimos.

— Je vois que vous êtes en grande conversation... Je vous dérange...

Il se pencha vers moi et me tendit le bras.

— Frédéric Villecourt... Enchanté... Je suis le mari de Sylvia.

Sylvia a ouvert la bouche pour me présenter. Je ne lui ai pas laissé le temps de prononcer mon nom et j'ai dit simplement :

— Enchanté moi aussi...

Il me dévisageait. Tout dans son allure — une certaine aisance, un sourire un peu fat, une voix métallique et autoritaire — indiquait qu'il était conscient de son charme de brun aux traits réguliers. Mais, très vite, ce charme se dissipait à cause de gestes sans grâce en totale harmonie avec la gourmette à son poignet.

— Maman vous raconte toutes ses vieilles histoires... Quand elle est lancée, elle ne s'arrête pas...

— Ça intéresse ce jeune homme, a dit Mme Villecourt. Il écrit un livre sur La Varenne...

— Alors vous pouvez faire confiance à maman... C'est un puits de science pour tout ce qui concerne La Varenne...

Sylvia baissait la tête, l'air gêné. Elle avait posé une main sur son genou et frottait pensivement celui-ci avec son index.

141

— J'espère que nous allons bientôt nous mettre à table, a dit Frédéric Villecourt. J'ai une faim de loup...

Elle m'a lancé un regard inquiet, comme si elle regrettait de m'avoir entraîné dans cette maison et de m'infliger la compagnie de cette femme et de son fils.

— Nous déjeunerons dehors, a dit Mme Villecourt.

— Vous avez là une excellente idée, maman...

Ce vouvoiement et ce ton affectés me surprirent. Eux aussi étaient en harmonie avec la grosse gourmette du poignet.

L'homme à la veste blanche attendait dans l'embrasure de la porte du salon.

— Madame est servie.

— On arrive, Julien, a dit Villecourt d'une voix claironnante.

— Vous avez mis le dais ? a demandé Mme Villecourt.

— Oui, Madame.

Nous avons traversé la grande pelouse. Sylvia et moi, nous marchions légèrement en retrait. Elle me jetait un regard interrogatif, l'air de craindre que je ne leur fausse compagnie.

— Je suis très content que vous m'ayez invité, lui ai-je dit. Très content.

Mais elle ne semblait pas tout à fait rassurée. Peut-être avait-elle peur des réactions de son mari, qu'elle observait d'un air vaguement méprisant.

— Sylvia m'a expliqué que vous êtes photographe, a dit Villecourt en ouvrant la grille du portail et en laissant

142

le passage à sa mère. Je vous donnerai du travail, si vous le désirez...

Il me gratifiait d'un large sourire :

— Nous montons une affaire importante avec un ami... Et nous aurions besoin de prospectus et de photos publicitaires...

Il avait beau parler du ton de quelqu'un qui veut rendre service à un subalterne, je ne détachais pas les yeux de la gourmette qui pendait à son poignet. Si « l'affaire importante » à laquelle il faisait allusion était à l'image de cette gourmette aux larges et gros maillons, de quoi pouvait-il bien s'agir sinon de quelque trafic de voitures américaines ?

— Il n'a pas besoin que tu lui trouves du travail, a dit sèchement Sylvia.

Juste en face de la maison, de l'autre côté de la route, au bord de l'eau, Villecourt a poussé une barrière blanche sur laquelle était écrit : « Villa Frédéric, Ponton privé 14, Promenade des Anglais. »

Sa mère s'est tournée vers moi :

— Vous aurez une belle vue de la Marne... Je suis sûre que vous allez prendre des photos...

Nous avons descendu quelques marches creusées dans un rocher qui me semblait artificiel à cause de sa couleur rouge. Puis nous avons débouché sur un ponton très large recouvert d'un dais de toile aux rayures vertes et blanches. Une table de quatre couverts y était dressée.

— Asseyez-vous ici, m'a dit Mme Villecourt.

143

Et elle me désignait la place d'où je pouvais voir la Marne et l'autre rive. Elle s'est assise à ma gauche, Sylvia et son mari, à chacun des bouts de table, Sylvia de mon côté et Frédéric Villecourt du côté de sa mère.

L'homme en veste blanche a fait deux voyages, de la villa au ponton, pour nous apporter des plats de crudités et un grand poisson froid. Il transpirait, à cause de la chaleur. Villecourt lui avait lancé entre chacun de ses voyages :

— Ne vous faites pas écraser, Julien, quand vous traversez la Promenade des Anglais.

Mais l'autre ne prêtait pas la moindre attention à ce conseil et s'éloignait en traînant les pieds.

Je regardais autour de moi. Le dais nous protégeait du soleil dont la lumière se reflétait sur l'eau verte et stagnante de la Marne et lui donnait des transparences, comme l'autre jour, à la sortie du Beach. En face, le coteau de Chennevières, au bas duquel de grosses maisons en meulière perçaient la verdure. Tout au bord de l'eau, des villas modernes et pimpantes. Je les imaginais habitées par des mandataires aux Halles à la retraite.

Le ponton de la villa Frédéric, sur lequel nous déjeunions, protégés du soleil, était, sans conteste, le plus grand et le plus luxueux d'alentour. Même celui du restaurant Le Pavillon Bleu, à une vingtaine de mètres vers la droite, paraissait bien modeste à côté de lui. Oui, le ponton de la villa Frédéric offrait un curieux contraste avec ce paysage de Marne, ces saules, cette eau stagnante, ces berges pour pêcheurs à la ligne.

— Vous aimez la vue ? m'a demandé Mme Villecourt.

— Beaucoup.

144

Curieux contraste : il me semblait que nous déjeunions dans une enclave de la côte d'Azur transportée en banlieue, comme ces châteaux médiévaux que des milliardaires de Californie se sont fait livrer pierre par pierre dans leur pays. Le rocher précédant le ponton m'évoquait une calanque proche de Cassis. Le dais, au-dessus de nous, avait une majesté monégasque et aurait pu figurer sur l'une des photos de W. Vennemann. Il rappelait aussi le Lido de Venise. Mon impression s'accentua encore lorsque je remarquai, amarré au ponton, un Chris-Craft.

— C'est à vous ? ai-je demandé à Mme Villecourt.

— Non... non... à mon fils... Cet imbécile s'amuse à le faire marcher sur la Marne alors que c'est interdit.

— Ne soyez pas méchante, maman...

— De toute façon, a dit Sylvia, le Chris-Craft ne peut pas avancer à cause de l'eau pleine de vase...

— Tu te trompes, Sylvia, a dit Villecourt.

— C'est un véritable marécage... Si vous voulez faire du ski nautique, les skis se prennent dans la vase comme dans du mercure et vous restez bloqué au milieu de la Marne...

Elle avait prononcé cette phrase d'une voix coupante en regardant fixement Villecourt.

— Tu dis des bêtises, Sylvia... On peut très bien faire du Chris-Craft et du ski nautique sur la Marne...

Il était piqué au vif. Apparemment, il attachait beaucoup d'importance à ce Chris-Craft. Il s'est tourné vers moi.

— Elle préfère fréquenter son Beach minable qui tombe en ruine...

— Mais pas du tout, lui ai-je dit. Le Beach de La

145

Varenne ne tombe pas en ruine et je lui trouve beaucoup de charme.

— Vraiment?

Il nous dévisageait, tour à tour, Sylvia et moi, comme s'il voulait surprendre une connivence entre nous.

— Oui, c'est complètement idiot, ce Chris-Craft, a dit Mme Villecourt. Tu devrais t'en débarrasser...

Villecourt ne répondait pas. Il avait allumé une cigarette. Il boudait.

— Alors, qu'est-ce que vous avez trouvé comme plages fluviales dans le coin? m'a demandé Mme Villecourt.

Les reflets du soleil sur l'eau lui faisaient cligner les yeux et elle avait mis de grosses lunettes noires.

— C'est bien ça que vous cherchez pour vos photos? Des plages fluviales?

Son visage de lionne, ses lunettes noires, le whisky qu'elle buvait pendant le déjeuner auraient pu lui donner l'allure d'une Américaine en villégiature à Eden Roc. Mais il y avait une différence entre elle et tous ces accessoires de côte d'Azur qui nous entouraient : le rocher, le Chris-Craft, et le ponton recouvert d'un dais. Mme Villecourt était à l'unisson du paysage des bords de Marne, et elle lui ressemblait. Peut-être à cause de sa voix rauque?

— Oui, je cherche les plages fluviales, ai-je dit.

— Quand j'étais petite, j'allais sur une plage, là-bas, du côté de Chelles... La plage de Gournay-sur-Marne... On l'appelait le « Petit Deauville »... Il y avait du sable et des tentes de toile...

Elle était donc une enfant du pays?

— Mais ça n'existe plus, maman, a dit Villecourt en haussant les épaules.

146

— Vous êtes allé voir ? m'a demandé Mme Villecourt sans prêter attention à son fils.

— Pas encore.

— Moi, je suis sûre que ça existe toujours, a dit Mme Villecourt.

— Moi aussi, a dit crânement Sylvia en soutenant le regard de son mari.

— Il y avait aussi la plage Berretrot à Joinville..., a dit Mme Villecourt.

Elle réfléchissait et s'apprêtait à compter sur ses doigts.

— Et Duchet, le restaurant de Saint-Maurice-Plage... Toujours à Saint-Maurice, la barre de sable de l'Ile Rouge... Et l'Ile aux Corbeaux...

De l'index de sa main gauche, elle pressait au fur et à mesure chacun des doigts de sa main droite.

— L'hôtel-restaurant de la plage à Maisons-Alfort... La plage de Champigny, quai Gallieni... Le Palm-Beach et le Lido de Chennevières... Je connais tout ça par cœur... Je suis née dans la région...

Elle a ôté un instant ses lunettes noires et m'a regardé avec gentillesse.

— Vous voyez, vous avez du pain sur la planche... C'est une véritable Rivieria, ici...

— Mais tous ces endroits n'existent plus, maman, a répété Villecourt avec la hargne de celui qu'on n'écoute pas.

— Et alors ? On a le droit de rêver, non ?

Cette manière brutale de répondre à son fils m'a surpris.

— Oui, on a bien le droit de rêver, a répété Sylvia d'une voix claire mais dont l'inflexion un peu traînante s'accordait bien à ces bords de Marne et à toutes les plages que Mme Villecourt avait évoquées.

— Vous pourrez voir ce diamant dès demain, maman..., a dit Villecourt. Il est vraiment exceptionnel... Ce serait idiot de laisser passer l'affaire... Il s'appelle la Croix du Sud.

Les coudes appuyés sur la table, il se voulait de plus en plus persuasif. Mais sa mère, le regard caché sous ses lunettes noires, demeurait impassible et donnait l'impression de fixer un point, là-bas, sur le coteau vert sombre de Chennevières.

Sylvia me surveillait, du coin de l'œil.

— Je vous montrerai, a dit Villecourt. Il a tout un pedigree... C'est une pièce unique...

Ce garçon avec sa gourmette et son Chris-Craft englué dans la Marne, était-il diamantaire ou courtier en pierres précieuses ? J'avais beau l'observer, je ne pouvais pas croire en ses qualités professionnelles.

— Le vendeur est venu me voir ici, il y a une semaine à peu près, a dit Villecourt. Si nous ne nous décidons pas très vite, l'affaire va nous filer entre les mains...

— Qu'est-ce que tu veux que je fasse d'un diamant ? a dit Mme Villecourt. Je n'ai plus l'âge de porter des diamants...

Villecourt a éclaté de rire. Il nous regardait Sylvia et moi, l'air de nous prendre à témoin.

— Mais enfin, maman, il ne s'agit pas de porter un

148

diamant... Il suffit simplement de l'acheter à un très bon prix et de le revendre le double...

Cette fois-ci, Mme Villecourt s'est tournée vers son fils et a ôté lentement ses lunettes noires.

— Tu dis des bêtises... On revend toujours les meubles et les bijoux à perte... Mon pauvre chéri, je crains que tu n'aies pas l'étoffe d'un homme d'affaires...

Elle avait pris un ton à la fois méprisant et affectueux.

— N'est-ce pas, Sylvia, que Frédéric ferait mieux de ne pas s'occuper de pierres précieuses? C'est un métier difficile, tu sais, mon chéri...

Villecourt s'est raidi. Il avait du mal à garder son calme. Il a même tourné la tête. Et moi, je ne regardais plus la gourmette à son poignet, mais ce Chris-Craft étincelant, venu s'égarer dans les eaux mortes et lourdes de la Marne par la faute de son conducteur.

Je me suis dit que chaque entreprise à laquelle il voulait se mêler, chacun de ses gestes, la moindre initiative de sa part, devaient aboutir, fatalement, à un gâchis semblable. Et il était le mari de Sylvia.

J'ai entendu un bruit de pas derrière moi, et un homme du même âge que Villecourt est apparu sur le ponton. De taille moyenne, il portait un costume de toile beige, des chaussures de daim, de petits yeux très enfoncés et un front têtu de bélier.

— Maman, c'est René Jourdan...

Villecourt avait annoncé à sa mère le nouveau venu avec un respect mêlé d'emphase, comme si le dénommé

149

René Jourdan, aux chaussures de daim, à la tête de bélier et aux yeux vides, était une personnalité.

— Qui ? a demandé Mme Villecourt sans bouger la tête d'un millimètre.

— René Jourdan, maman...

Celui-ci tendait le bras à Mme Villecourt.

— Bonjour madame...

Mais elle ne lui prenait pas la main. Avec ses lunettes noires, elle lui opposait une indifférence d'aveugle.

Il tendait alors le bras vers Sylvia qui lui serrait la main sans beaucoup de conviction, le visage maussade. Puis il me saluait d'un mouvement de tête.

— René Jourdan..., m'a dit Villecourt. Un ami...

Il lui désignait la chaise vide devant moi. L'autre y a pris place.

— Figure-toi, René, que je parlais du diamant. N'est-ce pas que c'est une pièce superbe ?

— Superbe, a dit l'autre en esquissant un sourire aussi vide que son regard.

Villecourt s'est penché vers sa mère.

— L'homme qui veut vendre ce diamant est un ami de René Jourdan.

Et il l'avait dit comme si c'était une référence, une mention dans le Gotha.

— J'ai expliqué à mon fils que je n'avais plus l'âge de porter des diamants.

— C'est dommage, madame. Je suis sûr que ce diamant vous aurait emballée... C'est une pièce historique... Nous avons tout un pedigree sur lui... Il s'appelle la Croix du Sud...

— Faites-moi confiance, maman. Si vous me donnez

les fonds, je vous promets qu'en le revendant, je pourrais doubler la mise.

— Mon pauvre Frédéric... Et d'où vient-il, ce diamant? D'un cambriolage?

L'homme à tête de bélier a laissé échapper un rire aigre.

— Mais non, madame... D'un héritage... Mon ami cherche à s'en débarrasser parce qu'il a besoin de liquidités... Il dirige une société immobilière à Nice... Je vous donnerai toutes les références...

— Nous pouvons vous montrer la pierre, maman... Il faut que vous la voyez de vos propres yeux avant de prendre une décision...

— D'accord, a dit Mme Villecourt d'une voix lasse. Vous me montrerez cette Croix du Sud...

— Demain, maman?

— Demain.

Elle hochait pensivement la tête.

— Tu viens, René? a dit Villecourt. Il faut que nous allions voir comment avancent les travaux...

Il s'est levé et s'est planté devant moi.

— Ça vous intéressera peut-être... Je suis en train de retaper complètement une petite île de la Marne, après Chennevières... Le terrain appartenait à ma mère... Nous voulons y créer une piscine et une boîte de nuit... Mais Sylvia vous en parlera, puisqu'elle n'a rien à vous cacher...

Il était agressif, brusquement. Je n'ai pas répliqué. La pensée de ses doigts boudinés sur le corps de Sylvia me dégoûtait assez pour que je ne m'expose pas à leur contact, au cas où nous en serions venus aux mains.

Il a descendu l'échelle du ponton, suivi de l'homme aux

chaussures de daim et à la tête de bélier. Puis ils se sont installés, l'un à côté de l'autre, dans le Chris-Craft et Villecourt, avec des gestes nerveux, l'a mis en marche. Le Chris-Craft a disparu très vite, après la boucle de Chennevières, mais l'eau était trop lourde pour qu'il laisse des gerbes d'écume derrière lui.

Mme Villecourt est demeurée un long moment silencieuse puis elle s'est tournée vers Sylvia :

— Chérie, va lui dire qu'il nous serve du café...

— Tout de suite...

Sylvia s'est levée et quand elle est passée derrière moi, elle a appuyé furtivement ses deux mains sur mes épaules. A mon tour, je me suis demandé si elle allait revenir ou bien me laisser seul avec sa belle-mère pour le reste de la journée.

— Nous pourrions peut-être nous asseoir au soleil, m'a dit Mme Villecourt.

Nous avons pris place, au bord du ponton, sur deux grands fauteuils de toile bleue. Elle ne disait rien. Elle regardait fixement, derrière ses lunettes noires, l'eau de la Marne. A quoi pensait-elle ? Aux enfants qui ne vous donnent pas toujours les satisfactions que vous attendiez d'eux ?

— Et vos photos sur La Varenne ? m'a-t-elle demandé comme si elle voulait rompre le silence par politesse.

— Ce seront des photos en noir et blanc, lui ai-je dit.

— Vous avez raison de les faire en noir et blanc.

J'ai été surpris par son ton catégorique.

152

— Et si vous pouviez les faire tout en noir, ce serait encore mieux. Je vais vous expliquer une chose...

Elle a hésité un moment.

— Tous ces bords de Marne sont des endroits tristes... Bien sûr, avec le soleil, ils font illusion... Sauf quand vous les connaissez bien... Ils portent la poisse... Mon mari s'est tué dans un accident de voiture incompréhensible au bord de la Marne... Mon fils est né et a été élevé ici et il est devenu un voyou... Et moi, je vais vieillir toute seule dans ce paysage de cafard...

Elle gardait son calme en me confiant tout cela.

Elle avait même un ton dégagé.

— Vous ne voyez pas les choses trop en noir? lui ai-je dit.

— Pas du tout... Je suis sûre que vous êtes un garçon sensible aux atmosphères et que vous me comprenez... Faites vos photos le plus noir possible...

— J'essaierai, lui dis-je.

— Il y a toujours eu quelque chose de noir et de crapuleux sur ces bords de Marne... Vous savez avec quel argent ont été construites toutes ces villas de La Varenne? Avec l'argent que les filles ont gagné en travaillant dans les maisons... C'était l'endroit où les maquereaux et les tenancières de maisons prenaient leur retraite... Je sais de quoi je parle...

Elle s'est tue, brusquement. Elle paraissait réfléchir à quelque chose.

— Ces bords de Marne ont toujours été mal fréquentés... Surtout pendant la guerre... Je vous ai parlé

153

de ce pauvre Aimos... Mon mari l'aimait beaucoup... Aimos habitait à Chennevières... il est mort sur les barricades, pendant la libération de Paris...

Elle regardait toujours droit devant elle, peut-être le coteau de Chennevières où avait habité cet Aimos.

— On a dit qu'il avait reçu une balle perdue... Ce n'est pas vrai... C'était un règlement de comptes... A cause de certaines personnes qui fréquentaient Champigny et La Varenne pendant la guerre... Il les avait connues... Il savait des choses sur elles... Il entendait leurs conversations dans les auberges du coin...

Sylvia nous a servi le café. Puis Mme Villecourt, comme à regret, s'est levée et m'a tendu la main.

— J'ai été ravie de vous connaître...

Elle a embrassé Sylvia sur le front.

— Je vais faire ma sieste, chérie...

Je l'ai accompagnée jusqu'au rocher rouge, d'où partaient les marches de l'escalier.

— Je vous remercie pour tous les renseignements que vous m'avez donnés sur les bords de Marne, lui ai-je dit.

— Si vous voulez d'autres détails, revenez me voir. Mais je suis sûre que vous êtes dans l'ambiance, maintenant... Faites des photos bien noires... Ténébreuses...

Et elle avait insisté sur les syllabes de « ténébreuses », avec l'accent de Paris et de ses environs.

— Drôle de femme, ai-je dit à Sylvia.

Nous nous étions assis sur les planches, au bord du ponton et elle avait posé sa tête contre mon épaule.

— Et moi aussi tu trouves que je suis une drôle de femme ?

Pour la première fois, elle me tutoyait.

Nous restions là, tous les deux sur ce ponton, à suivre du regard un canoë qui glissait au milieu de la Marne, le même que l'autre jour. L'eau n'était plus stagnante mais parcourue de frissons.

C'était le courant qui portait ce canoë, et le rendait aussi léger et donnait son élan au mouvement long et cadencé des rames, le courant dont nous entendions le bruissement sous le soleil.

Peu à peu la pénombre a envahi ma chambre sans même que nous nous en apercevions. Elle a regardé son bracelet-montre :

— Je vais être en retard pour le dîner. Ma belle-mère et mon mari doivent déjà m'attendre.

Elle s'est levée. Elle a retourné l'oreiller et elle a écarté le drap.

— J'ai perdu une boucle d'oreille.

Puis elle s'est habillée devant la glace de l'armoire. Elle a enfilé son justaucorps vert, sa jupe de toile rouge qui la serrait à la taille. Elle s'est assise sur le rebord du lit et elle a mis ses espadrilles.

— Je reviendrai peut-être tout à l'heure s'ils font une partie de cartes... ou demain matin...

155

Elle a fermé la porte doucement derrière elle. Je suis sorti sur le balcon et j'ai suivi des yeux sa silhouette légère, sa jupe rouge dans le crépuscule, le long du quai de La Varenne.

Toute la journée, je l'attendais, allongé sur le lit de ma chambre. Le soleil, à travers les persiennes, dessinait des taches blondes sur les murs et sur sa peau. En bas, devant l'hôtel, sous les trois platanes, les mêmes joueurs de boules poursuivaient leurs parties très tard dans la nuit. Nous entendions leurs éclats de voix. Ils avaient suspendu aux arbres des ampoules électriques dont la lumière s'infiltrait aussi par les persiennes et projetait aux murs, dans l'obscurité, des rais encore plus clairs que les rayons du soleil. Ses yeux bleus. Sa robe rouge. Ses cheveux bruns. Plus tard, bien plus tard, les couleurs vives se sont éteintes, et je n'ai plus vu tout cela qu'en noir et blanc — comme disait Mme Villecourt.

Quelquefois, elle pouvait rester jusqu'au lendemain matin. Son mari était parti en voyage d'affaires avec l'homme aux chaussures de daim, au front de bélier et aux yeux vides, et l'autre, celui qui voulait vendre le diamant. Elle ne le connaissait pas, celui-là, mais dans les conversations de Jourdan et de son mari, son nom revenait souvent : un certain Paul.

Une nuit, je me suis réveillé en sursaut. On tournait la poignée de la porte de ma chambre. Je ne fermais jamais celle-ci à clé au cas où Sylvia trouverait un moment pour me rejoindre. Elle est entrée. J'ai tâtonné à la recherche de l'interrupteur.

— Non... N'allume pas...

D'abord, j'ai cru qu'elle tendait la main pour se protéger de la lumière de la lampe de chevet. Mais elle voulait me cacher son visage. Ses cheveux étaient en désordre et sa joue traversée par une balafre qui saignait.

— C'est mon mari...

Elle s'est laissée tomber sur le rebord du lit. Je n'avais pas de mouchoir pour essuyer les gouttes de sang sur sa joue.

— Je me suis disputée avec mon mari...

Elle s'était allongée à côté de moi. Les doigts boudinés de Villecourt, la main courte et épaisse frappant son visage... J'avais envie de vomir, à cette pensée.

— C'est la dernière fois que je me dispute avec lui... Maintenant, nous allons partir.

— Partir?

157

— Oui. Toi et moi. J'ai une voiture, en bas.

— Mais partir où ?

— Regarde... J'ai pris le diamant...

Elle passait une main sous son corsage et me montrait le diamant que retenait une chaîne très fine, autour de son cou.

— Avec ça, nous n'aurons pas de problème d'argent...

Elle a ôté la chaîne de son cou et me l'a glissée dans la main.

— Garde-le.

Je l'ai posé sur la table de nuit. Ce diamant me faisait peur, comme la balafre sanglante sur sa joue.

— Il est à nous maintenant, a dit Sylvia.

— Tu crois vraiment qu'il faut le prendre ?

Elle n'avait pas l'air de m'entendre.

— Jourdan et l'autre vont demander des comptes à mon mari... Ils ne le lâcheront pas tant qu'il n'aura pas rendu ce diamant...

Elle parlait à voix basse comme si quelqu'un nous écoutait derrière la porte.

— Et il ne pourra jamais le rendre... Ils le lui feront payer cher... Ça lui apprendra d'avoir de mauvaises fréquentations...

Elle avait rapproché son visage du mien et m'avait dit cette dernière phrase à l'oreille. Elle m'a regardé droit dans les yeux.

— Et je serai veuve...

Nous avons été secoués, à cet instant-là, par un fou rire nerveux. Puis elle s'est encore rapprochée de moi et elle a éteint la lampe de chevet.

La voiture était garée devant l'hôtel sous les platanes, là où les joueurs poursuivaient leurs interminables parties de pétanque. Mais ils n'étaient plus là et ils avaient éteint les ampoules électriques dans les arbres. Elle voulait conduire. Elle s'est assise au volant et moi à côté d'elle. Une valise était posée, de travers, sur la banquette arrière.

Une dernière fois, nous avons suivi le quai de La Varenne et dans mon souvenir la voiture roule au ralenti. J'ai entrevu les peupliers de la petite île, au milieu de la Marne, avec ses herbes hautes, son portique et sa balançoire, que nous rejoignions à la nage, il y a si longtemps, avant que l'eau ne soit empoisonnée. Là-bas, sur l'autre rive, la masse sombre du coteau de Chennevières. Une dernière fois, les pavillons en meulière ont défilé, les villas normandes, les chalets, les bungalows construits au début du siècle avec l'argent des filles... Et leurs jardins où l'on a planté un tilleul. Le grand hangar du Cercle des Sports de la Marne. La grille et le parc du Château des Iles Jochem...

Avant de tourner à droite, une dernière fois le Beach de La Varenne, là où tout a commencé, son plongeoir, ses cabines de bain, sa pergola sous la lune, ce décor qui, l'été, paraissait si féerique dans notre enfance et qui, cette nuit, est silencieux et déserté pour toujours.

C'est à partir de ce moment de notre vie que nous avons éprouvé de l'angoisse, un sentiment diffus de culpabilité et la certitude que nous devions fuir quelque chose sans très bien savoir quoi. Cette fuite nous aura entraînés dans des lieux bien divers avant qu'elle ne s'achève ici, à Nice.

Quand Sylvia était allongée à côté de moi, je ne pouvais m'empêcher de prendre le diamant entre mes doigts, ou de le contempler qui brillait sur sa peau et de me dire qu'il nous portait malheur. Mais non. D'autres avant nous s'étaient battus pour lui, d'autres après nous le garderaient un moment à leur cou et à leur doigt et il traverserait les siècles, dur et indifférent au temps qui passe et aux morts qu'il laissait derrière lui. Non. Notre angoisse ne venait pas du contact de cette pierre froide aux reflets bleus mais, sans doute, de la vie elle-même.

Pourtant, au début, juste après avoir quitté La Varenne, nous avons connu une brève période de repos et de bien-être. A La Baule, au mois d'août. Nous avions loué, par une agence de la rue des Lilas, une chambre en bordure du golf miniature. Jusque vers minuit, les éclats de voix et de rire des joueurs nous berçaient. Nous allions boire un verre, sans attirer l'attention de personne à l'une des tables, sous les pins, devant le comptoir au toit d'ardoises vertes où l'on distribuait les cannes et les balles blanches de golf.

Il faisait très chaud cet été-là et nous avions la certitude que l'on ne nous retrouverait jamais ici. L'après-midi, nous suivions le remblai et nous repérions l'endroit de la plage où la foule était la plus dense. Alors, nous descendions sur cette plage, à la recherche d'un tout petit espace libre pour nous étendre sur nos serviettes de bain. Jamais nous n'avons été aussi heureux qu'à ces moments-là, perdus dans la foule au parfum d'ambre solaire. Les enfants autour de nous bâtissaient leurs châteaux de sable et les marchands ambulants enjambaient les corps et proposaient leurs crèmes glacées. Nous étions comme tout le monde, rien ne nous distinguait des autres, ces dimanches d'août.

Composition Bussière
et impression S.E.P.C.
à Saint-Amand (Cher), le 9 juillet 1986
Dépôt légal : juillet 1986
Numéro d'imprimeur : 1475-958.
ISBN 2-07-070759-8